인생유기人生遊記

인생유기人生遊記(개정판)

발　행 | 2020년 07월 01일

저　자 | 강비오

펴낸이 | 한건희

펴낸곳 | 주식회사 부크크

출판사등록 | 2014.07.15.(제2014-16호)

주　소 | 서울특별시 금천구 가산디지털1로 119 SK트윈타워 A동 305호

전　화 | 1670-8316

이메일 | info@bookk.co.kr

ISBN | 979-11-372-0994-7

www.bookk.co.kr

미리 쓰는 유고집遺稿集

인생유기人生遊記

한 세상 논 이야기 (고쳐 쓴 판)

강 비오

글을 고쳐 쓰며

첫 책을 내고 벌써 2년이 지났다. 책을 내고 바로 '종생 파티'를 하고 쉬려했으나, 이런저런 사연으로 차일피일 미루 다가 급기야는 코로나 19라는 바이러스가 등장하고부터는 사 람들이 모이는 행위 자체가 삼가야 할 일이 되어버렸다. 그 래서 몇몇 지인들에게 먼저 보라고 책을 나누어 주었는데 읽 은 이들이 말하기를 어떤 부분은 너무 소략하고 어디는 논리 에 비약이 있다는 등의 고마운 평을 해주었다. 또 2년이 지 난 후 스스로 보니 시점이 달라진 면도 있고 아쉬운 곳도 다 수 눈에 뜨이는지라 차제에 조금 손을 보자 하여 고쳐 쓴 판 을 낸다.

이 책은 주제가 글쓴이 본인이다. 그래서 어찌 보면 가까 운 지인들이나 추억하는 의미로 돌려 볼 일이지 일반인들을 대상으로 한 글이 아니다. 그러나 책 내용 중에는 따로 주제 로 삼아 논의해 볼만한 부분도 있을 법하여 지난해에는 평소 관심 분야인 동양 고전 중에서 논어에 대한 논의를 확대하여 '논어 뒤집어 보다'라는 책을 상재하고 이어 두 번째로 '노자 뒤집어 보다'를 정리하는 중이다. 여건이 허락하는 대로 동양 고전 다시 보기를 통하여 회향의 기회로 삼으려 한다.

2021년 초춘初春에 글쓴이

추억하는 글

이 계 황 인하대학교 문과대학 교수

이 책을 쓴 우리 아우와 만난 지 벌써 40여년에 이른다. 이 친구와의 첫 만남은 1975년 봄으로 기억하고 있다. 조그마한 체구에 안경을 끼고 있었고, 안경 넘어 보이는 눈빛은 서늘했다. 그리고 쏟아내는 말들은 거칠고 거침이 없었다. 그리고 아주 시니컬하고 때로는 역설로 가득했다. 그 뒤에도 내내 그러했다.

그래도 후배니까 나로서는 가급적 열심히 들어주려 노력했고, 이해하고자 노력했다. 그러는 과정에서 이 친구가 사회를 매우 진지하고 비판적 입장에서 바라보고 있고, 여러 현상의 부조리를 열심히 쫓고 있음을 알았다. 이 친구의 이런 입장과 통찰은 자신의 삶을 아주 진지하게 바라보는 것임도 가늠할 수 있었다. 그리고 이 친구의 거칠음이 현상 속의 부조리를 깨버리려는 몸부림이라는 사실도 짐작할 수 있었다.

그 후 나도 대학을 졸업하고 유학을 가고, 이 친구도 사회로 진출한 뒤, 가끔 모임에서 만나가는 했으나, 젊은 시절에는 서로 바빠 격조하게 지냈다. 이 친구는 대학원에 진학하여 동양정치철학을 공부하였다. 독자들도 본서를 읽으면서 느끼겠지만, 본서 1부 논변의 대부분은 이 시기 사유의 소산이다. 그런데 지금이라면 이 글들이 평가받을 수 있겠으나, 탈구축적 사고가 용납되지 않던 1980년대에는 '무슨 미친 소리를 하고 있는 거야'라고 평가받았으리라 짐작된다(포스트모더니즘이 한국에 소개된 것은 1990년대 중반 이후이다). 그러니 이 친구가 자신이 관심을 가진 학업을 지속하기는 어려웠을 것이다. 게다가 논쟁을 즐기나, 지기 싫어하는 성격, 그리고 자유로운 영혼을 가진, 그리고 제도에 얽매이는 것을 극력 거부하는 이 친구가 지극히 보수성이 강한 학계에 적응하는 것은 불가능하였다고 보인다.

대학원을 나오고 생활 방편으로 대학 강사생활을 하기도 하였으나, 분명 오래 했을리도 없었을 것이다. 그래도 생활인이니 밥벌이로 신문기자 노릇도 하고 대학에서 겸임교수로 아이들 글쓰기도 가르치고 하였으나, 이런 자유로운 친구가 결코 한 곳에 정착하기는 어려웠으리라. 이제 다 은퇴한 지금 비로소 서로 교류하고 글도 쓰며 자유롭게 살고 있다.

아마 이 친구 처음부터 글쓰기에 열중했더라면, 꽤나 성공했을지도 모른다. 그런데 재산을 모았을 거라고는 생각되지 않는다. 아마도 글쓰기에 성공했더라면, 지금쯤 병원살이를 할지도 모르겠다. 이 친구 사람 좋아하고, 술 좋아하고, 기분 내기 좋아하고, 경제관념 없기로 유명하다. 그러니 돈이 남아 있기 싫어하는 것은 당연하다. 그렇다고 이 친구 기죽을 친구는 더더욱 아니다. 돈 없다고 불평한 적 없고, 지위와 명예를 얻은 사람들에게 아쉬운 소리하는 적 없다. 그리고 그렇게 사는 사람들을 게거품 물고 비판하는 것을 본 적이 없다. 이 친구 사회에 대한 비판은 요즈음까지도 날카롭고 거침없지만, 사람에 대한 비판은 잘 하지 않는다.

이 친구의 이러한 태도는 타인 삶에 대한 무한한 신뢰를 바탕으로 한 것이고, 이 친구의 말을 빌리자면, 「인간은 모두 개별자」라는 인식을 나타내고 있다. 이것은 인간은 모두 자유로운 존재이고, 자유롭게 살아갈 권리가 있다는 표현이라 보인다. 그런 인식에서 자신도 「개별자」이고 타인도 「개별자」로 자유롭게 자신을 타인에 개의치 않고 표현할 수 있다고 생각하고 있다고 보인다.

이 친구 생각이 이에 이르자, 마침내 「개별자」로서 과거와 현재와 미래의 존재에 대한 외로움과 두려움, 그리고 고독감을 느끼기 시작한 듯하다. 그래서 자신이 주장한 것, 사유의 역정, 남기고 싶은 것들, 기억해 주기를 바라는 것들을 때로는 거칠게, 때로는 상식에 거역하면서, 때로는 예리한 이성으로, 때로는 감성으로 자신의 흔적을 남기고자 마음먹은 듯하다. 그리고 이 친구 평생 사유의 방랑객으로 살아왔기 때문에 비판받을 것을 두려워하지 않는다. 그래서 본서가 세상으로 나왔다고 생각된다. 이 친구의 참으로 용기 있는 모습이다.

이 친구가 본인에게 자신을 기억해 달라하니, 본인도 친구를 기억하는 한 문장쯤은 남겨야 할 것 같다.

"속삭임은 믿음이며, 미소는 이해이며, 웃음은 행복이었네. 밤하늘의 별이 아름다운 곳은 가난하지만 풍요로우며, 달빛을 보는 마음은 태양을 향한 죽음도 마다한 열정이었네. 슬픔을 보는 마음은 자애로움의 씨앗이며, 높은 산은 깊은 계곡에 의지하여 모든 것을 품었다."

기해년己亥年 만춘晚春에

자서自序

    누구는 하늘로 돌아 갈 적에 지상에서의 흔적을 다 지우고 가는데 여기 어리석은 인생은 그나마 부족한 생각의 자취를 남기고 간다. 스스로 미욱한 탓이라 여긴다.

    그동안 여기저기 흘리고 다닌 글 중에서 몇몇을 추려 다시 한 가지 형식으로 만들고 순서를 매겨 한 세상 놀다 간 추억으로 삼는다.

    그동안 인연이 닿았던 이들에게 안부로 전하니 부디 어리석음을 너무 허물치 마시고 다들 잘 사시라.

中道之法 圓滿具足
'그래, 이만 가자. 去'

脫空山房에서 강 종 철 비오

살아서 유고집을 쓰는 사연

-종생終生파티와 유고집遺稿集

　나이도 어느 정도 먹을 만큼 먹고 또 워낙 암을 비롯한 각종 질병이 유행하다보니 어느 날 갑자기 비슷한 연배의 지인들의 부고가 불현듯 날아드는 경우가 잦아졌다. 상갓집에 갈 일이 생긴 것이다. 안 가려니 뒤통수가 가렵고 또 그런데 나 가야 아는 얼굴들을 한 번에 모아서 볼 수 있으니 핑계김에 서로 안면이 있던 친구들에게 연락도 하고 시간도 잡는다.

　그런데 상가에 간들-요즘은 다 병원 장례식장이지만, 죽은 친구를 만날 일도 없고 그저 하얀 국화 속의 사진보고 절하고, 남은 유족들에게 상투적인 위로와 봉투 전하고 나서 아직 숨 쉬고 연명하고 있는 남아 있는 친구들 얼굴 보고 적당히 반색하고 소주잔 주거니 받거니 하다 정말 간만에 보고 싶었던 친구나 만나면 2차가서 술 한 잔 더 하는 걸로 마친다. 얼마 전에 자신의 전공 공부에도 충실하고 삶의 의미를 찾는 일에도 진지하던 도반이자 후배가 지병으로 갔다. 마지막 만났을 때 자신의 평생 연구를 마지막 한권의 책으로 정리하고 있다면서 기대해 보라던 다짐이 기억난다.

'살아남은 사람들은 또 마셔야지, 자, 한 잔 하자. 그런데 아무개 책 쓴다고 하더니 책은 내고 죽었나?'

'아뇨, 실물을 못 봤으니, 못 낸 모양이죠.'

'그럼, 니들이 유고집이라도 하나 만들어 줘야겠네.'

'유고집은요. 무슨, 번거롭게. 요즘 그런거 안합니다.'

'그래도, 그럼 섭하잖아. 야, 나 먼저 죽으면 내 노트북 바탕화면에 원고모음 폴더 있으니까, 그걸로 니가 유고집 한 권만 만들어주라.'

'아니, 형님. 다 같이 고독사 할 처지에 무슨 그런 싸가지 없는 말씀을 하세요. 민폐 끼치지 말고 그냥 죽으세요. 그래도 정 아쉬우면 미리 만들어서 증정본에 싸인까지 다 해 놓고 죽으세요. 그러면 그동안의 정리情理를 봐서 아는 사람들한테 나눠 주고 한 번 읽어는 줄게요.'

'헐, 그런거냐. 그렇구나. 그것도 좋은 생각이네.'

모처럼 보고 싶은 친구들과의 술자리를 만들어 주었으니 죽은 친구에게 고마워해야하나 이런 입맛 쓴 생각으로 대리운전사에게 가야 할 곳을 다시 한 번 확인시키고 눈을 감는데 불현듯 나는 이렇게 죽기 싫다는 생각이 뒤통수를 때린다.

그래, 나 죽은 다음에 친구들이 와서 지들끼리 낄낄거리고 한잔하는 자리를 만들어 주지 말고 나도 그 자리에 같이 끼어서 한잔하고 낄낄거리는 자리를 만들자. 그리고 그 이후로 나는 죽은 것으로 치고 진짜 죽을 때까지 잠수타고 사라지자. 또 내가 요즘 극혐하는 것이 나이 일흔이 처넘어서도 마치 뭐라도 되는 양 세상일에 감 놔라 배 놔라 하고 헛소리하는 떨거지, 인간 폐기물들이 아닌가. 그 전에 잠수타면 세속과 담을 쌓을 명분도 생기고 얼마든지 편하게 지낼 수 있지 않겠는가.

그래서 한 생각이 종생終生파티, 생을 마치는 세레모니를 하자는 것이었다. 죽을 날을 대충 짐작해서 받아 놓고, 그래도 아직은 술 한 잔 마시고 헤롱거릴 신체적 능력이 있을 때 (얼마나 많은 중생들이 죽을 때 술 한 잔 입에 대보지도 못하고 요양원 침대에 누워 골골거리다 가는가 말이다. 불쌍하게도) 어느 날 부고를 확 돌려서 대충 아는 놈, 모르는 놈들 다 불러 모아, 부의 받아 그 돈으로 한판 거하게 때려 먹으면서, 그 때까지 술 마시고 주정하듯 살아온 내 인생을 정리한 책 한 권 만들어서 유고집이라고 한권씩 나누어 주고, 자, 오늘 이후로는 나는 이제 없는 거다. 모든 산자들의 명단에서 나를 지워라. 길에서 우연히 마주쳐도 아는 체 하지마라. 내일부터 나는 유령이다. 자, 나 죽는 거 기념해서 즐겁게 한잔하자. 밴드 불러 평소 못 부르던 노래도 돌아가며 메들리로 부르고 춤도 추고. 생각만 해도 즐겁지 아니한가.

어떤가? 죽은 다음에 장례식장에서 유령으로 어슬렁거리면서 친구들이 '그놈 낮살이나 먹어서도 젊은 여자 찾고, 술 좋아하더니만 나보다 먼저 죽을 줄 알았다'는 둥 하는 흰소리 들어가며 막소주 한 잔 아쉬워서 쩝쩝거리는 것 보다 훨 좋지 않은가.

자, 우리 모두 인생을 정리 할 유고집과 종생파티를 준비하자. 그래서 지금 열심히 이 강의를 하고 있다. 유고집을 만들기 위해서.

차례

글을 고쳐 쓰며
추억하는 글
자서自序
살아서 유고집을 쓰는 사연

1부 논변論辯

2부 잡담雜談

3부 소론小論

후기後記

1부

논변論辯

1강

논어論語의 새로운 해석

내가 논어論語에 대해 교양이 아닌 학문적으로 분석적 접근을 한 것은 대학원에서 유가儒家사상이 한국인의 커뮤니케이션 행태에 어떤 영향을 미쳤는가에 대해 논어를 분석하는 것으로 석사 논문을 쓰면서 부터입니다. 명색이 그래도 석사 논문이니 사회과학적 측면에서 본격적으로 논어를 한 구절씩 뜯어서 분석을 하면서 당시에도 무언가 석연치 않은 것이 있었으나 논문을 쓰는데는 별 무리가 없었고 또 그때만 해도 한문 해독 실력이라든가 동서양 고전을 맥락을 잡아가며 읽는 훈련이 미숙한 때라 그저 그런가 보다하고 지나갔습니다.

그러나 이후 나이 들어 다양한 서물書物을 섭렵하고 궁구窮究한 후 다시 논어를 보니 과거 주희朱熹에서부터 현대의 학인들에 이르기까지 논어는 물론 사서四書에 대해서도 이해할 수 없는 해석을 한 부분이 다수 눈에 들어왔습니다. 물론 사소한 부분에 대한 이견異見이야 당연한 것으로 생각하고 그러려니 하고 지나가도 상관없습니다만 전체적인 맥락을 무시한 해설은 상당히 눈에 거슬렸습니다.

그래서 기회가 있으면 내 나름의 시각으로 한번 이를 광정匡正하리라 생각을 했으나 어느 기관에서 연구비가 나오는 것도 아니요, 누가 원고 부탁하는 것도 아니고, 요즘 유행하는 '인문학 교양서적 만들어 팔아먹을 일도 없고 해서 차일피일 미루다 요즘 들어 다소 시간이 한가하여 아주 소략하게 논어의 첫머리를 재해석하여 가까운 이들에게 알리고자 합니다. 논어 맨 첫머리를 보지요.

학이편學而篇 제1장

子曰, 學而時習之, 不亦說呼. 有朋自遠方來, 不亦樂呼. 人不知而不慍, 不亦君子呼.

자왈, 학이시습지, 불역열호. 유붕자원방래, 불역락호. 인불지

이불온, 불역군자호.

기존의 한글 해석

공자께서 말씀하셨다. "배우고 때때로 익히면 어찌 기쁘지 아니한가.

벗이 있어 멀리서 찾아오니 어찌 즐겁지 아니한가.

사람들이 알아주지 않아도 섭섭해 하지 않으니 어찌 군자가 아니랴."

논어를 다루고 있는 시중의 거의 모든 책이 위와 같이 원문과 한글 해석을 적어 놓고 그 다음에는 주희朱熹의 해설부터 시작하여 저자의 인용 능력이 미치는 온갖 잡다한 학인들의 다양한 주장과 마지막으로 책을 쓰는 본인의 해설까지 글자 풀이, 장광설을 늘어놓는데 거의 예외 없이 공통적인 것이 있습니다.

그것은 저 구절을 3가지 팩트로 나누어 해설을 하는 겁니다. 무슨 말인고 하니 첫째, '배우고 그것을 수시로 익히면 기쁘다.' 둘째, '친구가 멀리서 찾아오니 즐겁다.' 셋째, '누가 알아주지 않아도 빡치지 않으면 군자다.'라는 3가지 별개의 내용으로 나누어 해설을 합니다. 즉, 저 3가지 내용을 병렬적으로 놓고 해석을 하는 것입니다.

내가 소싯적부터 의문을 가진 것이 왜, 어떻게 시각을 달리해서 보면 전혀 상관이 없는 저 세 가지 내용을 논어라는 서물의 맨 앞에 하나로 엮어 놓았을까? 논어 편찬자가 이 구절을 맨 앞에 놓은 이유가 뭘까 하는 것들이었습니다. 대나무 쪼가리, 죽간竹簡을 엮는 이가 실수로 노끈을 잘못 꿰었을까 부터 시작하여 다양한 경우를 생각해 보고 다른 고금古今의 학인學人들은 이런 의문을 안 가졌을까? 다른 학인들은 이를 어떻게 이해하고 있는가를 찾아보았으나 거개의 해설서들이 이런 기본적인 의문은 무시하거나 나는 모르겠소 하거나 학문이 제일 중요해서 그랬다고 하면서 문자의 자구 풀이와 내용의 일반화에만 매달려 있었습니다.

내 미욱한 생각으로는 이는 논어의 상당부분이 편, 장마다 하나의 스토리를 이루고 있는 것과도 다르지 않은가. 내가 비록 배움이 짧고 과문寡聞하고 무지하다는 것을 충분히 고려하더라도 상식 있는 교양인으로서의 가장 기본적인 이런 의문을 해소 할 수 없었습니다. 그래서 여러 관련된 서물들을 들쳐보고 나름 사색을 한 결과 어느 날 문득 내 나름의 이해를 도출할 수 있었는데요, 이제 그 이야기를 하려합니다. 천년도 넘는 세월만의 새로운 관점과 해석입니다.

그래서 저는 '학이편 1장 세 구절은 별개의 내용이 아니라 하나의 스토리다.'라고 결론을 내리고, 그 하나의 이야기는 논어 편찬한 이가 강조하고자 한 주제는 첫 구절에 담겨 있고 나머지 두 구절은 이에 따르는 보완적인 내용이라고 보았습니다.

많은 이들이 논어를 읽으면서 한문 글자 뜻풀이에만 매달리는데 그러지 말고 먼저 공자 당시의 시대 상황이라든가 그런 상황에서의 개별자로서의 공자의 처지나 논어를 편찬한 사람들의 입장을 이해 할 필요가 있습니다. 또, 길이가 제한된 대나무 쪼가리에, 한정된 공간에 의미가 통하는 일정한 개수의 글자를 써 넣어야 하는 맨 처음 죽간을 만든 사람의 처지도 고려해봅시다. 그리고 나서 학이편 1장 첫 구절을 읽고 나서 저는 공자에 대해 애잔한 마음을 가지게 되었는데 그 연유는 이렇습니다.

먼저 저 구절의 학學, 배움의 대상이라는 것은 요즘 같은 특별한 학문분야가 아니고 그저 스승 공자가 보여주는 삶, 사회적인 공적 행동이라는 것을 이해해야 합니다. 당시의 저 학學, 배운다는 의미는 요즘의 학문을 한다는 학學과는 좀 다른 개념입니다. 조금 더 구체적으로 말하면 '공자가 예禮를 실천하는 모습을 따라하는 것'이라고나 할까요.

그래서 학이편 첫머리를 저는

"공자가 말하기를, 제자들아, 스승인 나 공자가 하는 행동(예禮를 실천하는 모습)을 잘 보고 배워 때맞춰 따라 해봐라. 이게 나름 즐거운거다. 이는 뜻이 맞는 친구가 간만에 멀리서 찾아와서 같이 어울려 노는 것만큼이나 재미있을 수 있는 일이다. 요즘 나를 따라다니며 예禮를 배우는 너희들을 보고 사람들이 많이 비웃는 모양인데, 너무 열 받지 마라. 그 놈들은 다 소인배고 너희들이 큰사람, 군자란다."라고 풀이합니다.

이제 이렇게 풀이 해놓으니까, 비로소 이 구절이 논어라는 서물書物의 제일 맨 앞에 와야 하는 이유를 분명히 알 수 있을 것 같습니다. 논어가 공자 당시 공자가, '애들아 이런 순서로 책을 엮어라'라고 말해서 만든 책도 아니고 공자 사후 한참 지난 후에 제자들이 스승으로 모셨던 공자의 행적과 말이 사라질 것을 우려하여, 공자의 생각을 후세에 남기고, 제자 무리들인 유가학파의 사상의 교본으로 삼기 위해 나름 공자 생전의 여러 이야기, 에피소드들을 주워 모아 놓고 무슨 이야기부터 시작해야 하나 하고 한참 생각하고 편찬한 서물인데, 한 묶음의 죽간 뭉치를 편집한 이의 머릿속에는 우선 자신들, 공자를 추종하는 무리와 새로 만드는 책에 대한 자긍심의 선언이 있어야겠다고 생각한 겁니다. 즉, 우리 공자를 따라다니던 제자들, 우리들이 남보다 더 나은 인간이며, 스승인 공자가 옳다는 것을 서물의 맨 앞에서 선언, 선포하고자 한 겁니다.

그래서 논어 학이편 1장은 "스승 공자를 따라 배우자, 이는 매우 즐거운 일이다. 이를 무시하고 비웃는 놈들은 다 소인배다. 공자를 따르는 우리가 군자요, 대인배다."라는 논어라는 서물을 엮은이, 당시 공자를 따르는 무리들의 자존심 선언문인겁니다. "그러니까 앞으로 이 책, 논어에 나오는 공자의 언행을 즐거운 마음으로 열심히 따라 익히자."하는 겁니다. 이해 됐습니까. 논어가 왜 이런 구절로 첫머리가 시작되었는지.

그러니까 요즘 같으면 책의 발간사, 서문, 머리말인 겁니다. 그리고 공자 제자들의 자긍심, 자존심 선언문인겁니다. 여러 나라 돌아다니며 공자 공부를 많이 했다는 어느 학인의 책에 보니 논어의 첫머리가 지나치게 상투적인 내용으로 시작되어 의미가 반감한다고 하던데 제가 보기에는 논어의 전체적인 맥락을 보지 못하고 그저 문자풀이에만 매달린 무지의 소치에서 나온 견해로 생각됩니다.

그런데 이를 읽는 저로서는 당시 공자를 추종하던 무리들의 조금은 딱하게 보이는 처지가 연상됩니다. 그리고 공자가 오죽이나 답답했으면 제자라는 놈들을 불러 모아놓고 이런 이야기를 했을까요. 주위에 비웃는 놈들이 얼마나 많았기에. "애들아 즐거운 마음으로 나 따라 해봐라. 흔들리지 마라. 열심히 따라하다 보면 재미도 있단다. 우리를 비웃는 저 놈들은 다 소인배야. 날 따라다니는 니들이 옳고, 난 놈들이란다. 자, 우리 화이팅 한 번하자."

사실 잘 나갔으면 이런 말 할 필요도 없었을 것 아닙니까. 이리저리 떠돌아다닐 수밖에 없는 상가주구喪家走狗, 상 갓집 개의 처지로 대충 제자라고 노숙자 비슷한 시원찮은 녀석들 몇몇을 이끌고 여기저기 헤메고 다니던 공자의 난감, 답답한 모습이 오버랩되는 것은 나만의 생각일까요. 그래서 이 구절을 읽고 공자에게 애잔함을 느꼈다는 겁니다. 누구나 다 자신을 돌아보고 상대방을 보았을 때 처지가 비슷하면 애잔함을 느끼는 건지도 모르겠습니다.

아무튼 논어를 편찬한 이도 이런 생각을 해 봤으리라고 저는 생각합니다. 그럼에도 불구하고 이 구절을 맨 앞에 올리고 '스승이 옳고, 우리가 옳다 이 서물을 통해 우리 즐거운 마음으로 스승을 따라 배우자.'라고 다부진, 매운 마음으로 책의 맨 앞에서 맹서, 선언하고 있는 겁니다.

논어를 읽다 보면 논어라는 책을 편찬한 사람의 의도가 아주 잘 반영되어 있다는 것을 알 수 있습니다. 단순하게 공자의 언행을 생각나는대로 단편적으로 멋대로 주워 모아서 만든 책이 아니라 이미 당시에 공자학파, 공자의 생각과 그의 사고 체계를 추종하는 무리들의 포괄적인 사고방식, 즉 원시 유학의 기본 이념의 전체적인 흐름을 잘 반영해서 편집한 책입니다. 그래서 책을 편찬하면서 필요에 따라 공자 외의 다른 사람들의 언행도 적절하게 삽입하며 전체적으로 사고의 흐름을 잘 잡아나가고 있습니다.

그런데 책의 편찬자가 참 솔직한 것이 요즘 풍토 같으면 그냥 전부다 공자 말씀이라고 우겨도 될 것을 어떤 것은 유자有子 말씀이고 또 증자曾子가 이렇게 말했고 하는 것을 중간 중간에 다 구분해서 책을 편찬했어요. 제자 무리들 중 어느 파에서 편찬을 주도 했는지를 보여주기도 하거니와 그 당시 유학파의 풍토와 책을 편찬한 사람들의 마음가짐을 보여주는 겁니다.

그리고 논어라는 책의 성격을 분명히 하고 있는 겁니다. 편집한 이의 생각으로는 논어가 그냥 단순한 공자 개인만의 언행을 기록한 문서가 아니고 당시의 유가학파의 사상을 포괄적으로 담은 교본, 교과서라는 겁니다. 그러니까 논어라는 서물은 초기유가의 통치사상 개론서인겁니다. 공자 개인의 언행록이 아니라. 그러다 보니 학이편에도 바로 첫머리 공자 말씀에 이어 유자 말씀, 증자 말씀이 나오는 겁니다.

그동안의 거개의 논어 해설책들이 견강부회하는 엉터리인 것이 현대의 가치체계에 맞추어 논어의 문구에서 현대사회에서도 유효한 어떤 의미와 교훈을 억지로 끄집어내고 만들어서 공자, 논어를 변명하려고 해서 그런 겁니다. 논어는 책의 성격상 봉건사회의 가치체계 속에서 당시의 사회를 바로 운영하기 위해 지배자인 왕과 귀족들에게 하나의 대안으로 제시된 정치공학서입니다. 인류를 위한 무슨 보편타당한 지혜를 알려주는 것도 아니고 인간 본성과 윤리에 관한 형이상학을 다룬 철학서도 아닙니다. 난세에 천하를 바로 잡기위한 하나의 대안이라는 그것만 가지고도 충분히 의미를 찾을 수 있고 가치가 있는 겁니다. 무슨 시대를 초월하는 만고불변의 진리나 현대 사회에서 인생을 살아가는데 지혜를 주고자 만든 그런 책이 아닙니다. 지혜의 서, 믿음의 대상, 종교의 경전, 믿는 책이 아니라는 말입니다.

그래서 현대의 사회체제 내에서 가치가 형성되고 교육 받은 현대인들의 눈으로 그냥 객관적으로 보면 될 것을 이제 와서 공자를 팔아서 돈을 벌겠다는 건지 아니면 배운게 공맹孔孟 밖에 없어서 그러는 건지는 몰라도 봉건 사회의 가치를 반영하는 논어 내용을 억지로 현대의 가치에 맞추어 해석해서 공자를 인류 보편, 만고불변의 진리의 화신으로 만들려고 하니 이상한 해석이 나오고 논어의 편집 순서가 잘못되었다는 등 하는 헛소리를 하는 겁니다. 이런 행위는 모두 공자와 논어를 영원히 죽이는 짓거리입니다. 이는 그저 한문 쪼가리 좀 알고 동양적 취향을 자랑하고자 하는 식자들의 자위행위에 불과합니다.

학이편 맨 처음 책에 대한 서문 바로 다음에 유자有子의 이야기가 나오는 것도 당시 유학파의 이념과 가치로 보면 비록 공자 말씀이 아니어도 매우 중요한 내용의 주장으로 논어의 전체적인 사고의 흐름을 대표한다고 생각해서 편찬자가 그 부분에 놓은 것으로 봐야합니다. 그러니 논어 편찬 당시 이미 유학파의 사고 체계가 상당히 구체적으로 확립되어 공자의 언행을 정리하는 것을 계기로 해서 만들어진 유학파의 사상을 대표하는 교과서적인 책, 교본으로 논어를 볼 수 있는 겁니다.

모름지기 책을 만든다는 행위는 논어처럼 남의 이야기를 모아서 편찬을 하거나 필자가 직접 책의 내용 순서를 정해서 집필을 하던 나름 만드는 사람이 어떤 생각의 흐름을 가지고 책의 앞머리부터 마지막까지 흐름을 잡아서 순서를 정하는 것이 상례입니다. 즉, 편찬자나 저자가 어떤 목적의식을 가지고 책의 전체적인 흐름을 정한다는 말씀입니다. 중간에 여러 사람들의 손길을 거쳐서 개작이 되고 개편이 되었더라도 전체적인 맥락은 크게 변하지를 않습니다. 논어라는 서물도 여러 장소에서 여러 사람들의 손길을 거치면서 편제가 흐트러지고 난삽해진 면이 있다고 하나 전체적인 사고의 흐름은 바로 보면 나옵니다.

그런데 논어를 해설하는 학인들이 공자의 당시 상황을 그대로 이해하고 거기에 맞추어 공자의 생각과 행동을 있는 그대로 이해하는 것이 아니라 현대에 살고 있는 자기 생각에 맞추어서 자기식의 공자로 만들어 만고불변의 진리를 설파하는 식으로 해설을 하다 보니 책의 전체적인 내용을 왜곡하는 겁니다. 요즘은 논어를 경전으로 신앙해야 출세 할 수 있던 조선시대가 아니잖습니까. 그런다고 공자가 더 빛나는 것이 아닙니다. 당시 상황을 그대로 가감 없이 이해하고 있는 그대로 공자의 언행을 해석해도 충분한 가치가 있는 겁니다.

공자나 그를 추종하던 제자라는 노숙자들이나 모두 당시 상황에서 인간과 춘추전국시대 사회에 대해 치열하게 관찰하고 숙고해서 나름 이해한 부분을 정리한 것이 논어를 비롯한 다양한 유교문서들인데 인간이라는 種種이 2천년 사이에 생물학적으로 두뇌가 크게 진화한 것이 없는데 무어가 그리 달라졌겠습니까. 물론 서구 사상이 정복해 들어와 그에 의해 사회체제가 완전히 변하고 사고방식이 바뀐 부분이 많이 있는 것은 사실이나 인간 자체에 대한 공자를 위시한 유가학파들의 통찰적이고 직관적인 관찰은 지금도 충분히 가치가 있고 유효한 면이 있다고 생각합니다.

그런데 논어를 해설한 시중의 책들을 보면 거의 99%가 자구 해석에만 몰두하고 그것을 우리말로 다양하게 풀이하는데 몰두해 있습니다. 영어책은 그렇게 해석을 안 하잖아요. 그냥 번역을 하지, 그래도 의미가 상통합니다. 물론 영어와 한문의 언어상 의미 구조가 다르다는 것을 고려해도 한문을 가지고 그렇게 쓸데없이 니 번역이 옳으니 내 번역이 옳으니 다툴 필요가 없습니다. 정작 책을 만든 편찬자의 전체적인 사고의 흐름을 개괄하고 그래서 공자와 그 일파의 사상의 큰 맥락이 무어고 그것이 당시에 어떤 의미가 있고 현대에 와서는 이런 한계와 의의를 가지고 있다고 포괄적으로 설명한 책은 보기 드뭅니다. 애석한 일입니다. 훈고학의 병폐입니다.

논어를 읽다 보면 이렇게 손질을 해가며 이해해야 할 부분이 제법 많습니다. 그동안 2천년이 넘게 하 많은 사람들이 다양하게 글자풀이하고 주석을 갖다 붙이고 장광설을 늘어놓은지라 대충은 봐주고 넘어간다고 치더라도, 한문의 특성과 후대에 공자의 생각이 통치 이데올로기로 채택되어 교조적으로 해석될 수밖에 없는 정치적인 이유로, 그리고 현대에 와서는 정치적 배경을 상실한데 따른 사상적 몰락과 학인들의 지적 나태와 학계의 폐쇄적인 풍토로 인해 자유로운 해석과 인접 학문의 새로운 시각이 결여된 관계로 여전히 상당 부분 논어나 사서를 왜곡하고 그걸 그대로 답습하며 무슨 영원한 진리라도 되는 양 교양서적을 만들어 팔고 있습니다.

말하는 사람의 발화의 시대적 맥락을 무시하고 무조건 성인聖人 말씀(그것도 국가를 통치하는 기득권 세력들이 효율적으로 인민人民을 관리하기 위한 수단으로 채택하여 성인이라고 이름 붙여지고 이용된 것이지만)이라고 구절마다 따로 떼어내어 일반화해서 인류의 영원한 만고불변의 진리요 삶의 지혜라는 식으로 해설을 하는데 그건 공자 생각을 왜곡하는 것이지 올바로 이해하는 것이 아닙니다. 공자가 저승에서 요즘 나온 논어 풀이 책을 보면 참 난감해 할 것 같습니다. 제 생각입니다.

책방에 가면 종종 동양철학 코너에 가서 논어를 찾아 '요즘 학인들은 논어를 어떻게 읽는가.'하는 호기심으로 이책 저

책 들쳐보는데 첫머리부터 '공자님이 말씀하시기를 모름지기 학문이라는 것은'하고 상투적으로 나오는 책을 보면 막 욕지기가 나오려고 해서 얼른 던져 버리고 쌍욕을 하면서 나옵니다. 공자 사후 2천년이 지나도록 변함이 없어요. 공자 시대 죽간이 무슨 공중변소 두루말이 화장지처럼 흔해 빠져서 제자들이 거기다 친구를 어떻게 사귀고 처세는 어떻게 하고 하는 이야기를 합니까.

공자 생각이 앞으로 더 널리 발전하려면 다양한 시각이 필요합니다. 원전에 대한 해석은 다양할수록 좋은 겁니다. 그래야 학문의 발전이 있는 겁니다. 조선 시대에 가장 큰 영향을 미친 책의 하나로 주희의 '사서집주四書集注'를 꼽을 수 있습니다. 이 책은 논어論語, 맹자孟子, 중용中庸, 대학大學의 사서四書에 주희朱熹라는 중국 사람이 주注를 달아 놓은 책입니다. 즉, '사서집주'는 공자나 맹자의 사상에 대한 주희의 해석서(원본도 아닌) 쪼가리에 불과한 겁니다. 그런데 주희의 이 주석서 자체가 조선조에는 누구도 이의를 제기할 수 없는 논어, 맹자와 같은 '경전'經典, '성전'聖典이었습니다. 여기에 이의를 제기하면 '올바른 학문을 어지럽히는 적, 사문난적斯門亂賊'으로 몰려 학문세계는 물론 정치세계에서도 바로 매장당하고 잘못하면 사약이 내려옵니다.

그런데 이런 위험을 무릅쓰고 주희의 주석에 반론을 제기한 사람이 백호白湖 윤휴尹鑴입니다. 그는 '경전의 깊은 뜻을 어찌 주자만 알고 다른 사람은 모른다는 말인가. 이런 사대적 태도 때문에 학문이 진작되지 않는다.'고 부르짖고 독자적인 경전 연구에 몰두합니다. 그래서 주희와 대등한 입장에서 주체적으로 경전을 해석합니다. 그러자 주자학의 영수인 송시열은 '감히 주자의 학설에 반발하다니 실로 사문난적이다.'라며 그를 이단으로 몹니다. 그러나 윤휴는 '주자는 내 학설을 인정하지 않겠지만 공자가 살아오면 내 학설이 이길 것이다.'라며 맞섰습니다. 하지만 주자학을 교조적으로 신봉하는 조선시대 당시 분위기와 정쟁에 휘말려 사문난적으로 몰리고 결국 윤휴는 정치적 탄압을 받고 사사賜死됩니다. 지금은 '주희-주자는 무슨 개뿔이 주자입니까의 사서 해석은 엉터리다.' 그래도 상관없고, 더 나아가 공자 언행 자체를 비판해도 되는 시대입니다. 만약 조선시대 때 제가 이랬다면 바로 사약을 받았을지도 모릅니다.

논어 학이편 첫머리를 새롭게 풀이하다.

탈공산방에서

2강

요한복음의 새로운 해석

오늘은 기독교 성경에 대한 이야기를 해 보려합니다. 저는 젊은 시절부터 영성과 깨달음에 깊은 관심을 가진 이래 주위에 예수나 부처에 의탁해 한평생 살아온 친지들과의 교류가 제법 있는 편입니다. 아무래도 유유상종類類相從이라고, 비슷한 관심을 가진 사람들끼리 모이기 마련 아니겠습니까. 새해 들어 매주 성경 해석하는 일을 호구지책으로 평생을 살아 온 친구와 덕담을 나누다 왜 기독교 성경이 평균적인 교육을 받은 일반인이 읽어도 상식적으로 쉽게 이해되지 않는 가하는 문제를 놓고 대화가 오가는 중에 이 친구가 그럼 네가 성경을 한번 일반인의 상식에 맞게 해석해 보라는 주문에 좋다 내 한번 성경 해석의 바른 사례를 보이겠다고 큰소리친 결과가 이 글입니다. 그래서 신약성경의 대표적인 요한복음의 프롤로그를 기독교를 믿지 않는 평균적인 교육을 받은 일반인들도 읽으면 바로 이해 할 수 있도록 풀어 보았습니다.

1.기존 번역 (가톨릭판 '성경' 기준)
2.필자의 새로운 풀이
3.새로운 풀이에 대한 해설의 순서로 정리해 보겠습니다.

1.기존번역 (가톨릭판 '성경')

먼저 기존 성경책이 어떻게 되어 있는지 우리나라에 오래 정착되어오고 비교적 한글 풀이가 잘 되어 있는 가톨릭 성경을 통해 알아보겠습니다.

요한복음 (1장 1절부터 18절까지)

1 한처음에 말씀이 계셨다. 말씀은 하느님과 함께 계셨는데 말씀은 하느님이셨다.

2 그분께서는 한처음에 하느님과 함께 계셨다.

3 모든 것이 그분을 통하여 생겨났고 그분 없이 생겨난 것은 하나도 없다.

4 그분 안에 생명이 있었으니 그 생명은 사람들의 빛이었다.

5 그 빛이 어둠 속에서 비치고 있지만 어둠은 그를 깨닫지 못하였다.

6 하느님께서 보내신 사람이 있었는데 그의 이름은 요한이었다.

7 그는 증언하러 왔다. 빛을 증언하여 자기를 통해 모든 사람이 믿게 하려는 것이었다.

8 그 사람은 빛이 아니었다. 빛을 증언하러 왔을 따름이다.

9 모든 사람을 비추는 참빛이 세상에 왔다.

10 그분께서 세상에 계셨고 세상이 그분을 통하여 생겨났지만 세상은 그분을 알아보지 못하였다.

11 그분께서 당신 땅에 오셨지만 그분의 백성은 그분을 맞아들이지 않았다.

12 그분께서는 당신을 받아들이는 이들, 당신의 이름을 믿는 모든 이에게 하느님의 자녀가 되는 권한을 주셨다.

13 이들은 혈통이나 육욕이나 남자의 욕망에서 난 것이 아니라 하느님에게서 난 사람들이다.

14 말씀이 사람이 되시어 우리 가운데 사셨다. 우리는 그분의 영광을 보았다. 은총과 진리가 충만하신 아버지의 외아드님으

로서 지니신 영광을 보았다.

15 요한은 그분을 증언하여 외쳤다. "그분은 내가 이렇게 말한 분이시다. '내 뒤에 오시는 분은 내가 나기 전부터 계셨기에 나보다 앞서신 분이시다.'"

16 그분의 충만함에서 우리 모두 은총에 은총을 받았다.

17 율법은 모세를 통하여 주어졌지만 은총과 진리는 예수 그리스도를 통하여 왔다.

18 아무도 하느님을 본 적이 없다. 아버지와 가장 가까우신 외아드님 하느님이신 그분께서 알려 주셨다.

어떻습니까? 한번 읽으니 무슨 소리인지 술술 이해가 됩니까? 왜, 이걸 읽고 이해해야 하냐고요? 전문가인 목사도 있고 신부도 있는데, 그 사람들이 이해한대로 강론시간에 해석해 주는 걸로 만족한다고요? 그러면 더 이상 이 글도 읽을 필요 없습니다. 그만 떠나셔도 됩니다.

2. 필자의 새로운 풀이

나는 사실 대학에 다니면서 위와 같은 요한복음 구절을 처음 대했을 때 이게 무슨 귀신 씨나락 까먹는 소리인지 대단히 불쾌했었습니다. 물론 제 머리가 아둔한 탓도 있겠지만, 필자가 까막눈도 아니요 그래도 우리말로 국어 시험도 치르고 대학에 입학했는데 저 구절을 상식적인 머리로 명료하게 이해할 수 없었어요. 저는 연세대학교에서 공부를 했는데요, 이 대학이 기독교 계통 학교이고 신과대학도 있어서 이런 문제에 있어서는 자문을 구할 길이 비교적 많았습니다. 그래서 면식이 있는 신학교수를 찾아가 왜 성경이 이렇게 씌어져 있느냐고 물으니 그 교수께서 조금 난감해 하며 몇 권의 책을 제 손에 쥐어주고 읽어 보라고 한즉, 읽고 나니 모든 관련 문헌이란 것이 동어반복에 그치고 결론은 믿습니다. 아멘. 할렐루야로 마무리 되더군요. 그 이후에도 관심을 가지고 꾸준하게 관련 서적을 탐구했으나 결론은 대동소이했습니다.

그래서 이같이 다양하게 해석해 놓은 사람과 주석의 분량은 많은데 해석하는 이마다 풀이가 이현령비현령耳懸鈴鼻懸鈴이요, 그걸 빌미로 질 나쁜 목자들이 무지한 신도들 홀리는데는 효과적일지 모르나, 하나님과 예수를 대하는 올바른 자세는 아니라 생각하고 혼자서 이 말씀을 궁구하다가 나름 쉬운 풀이가 되는지라 그래서 아래와 같이 옮겨봅니다. 마음 같아서는 신약성경 한권을 이같이 쉽게 한번 읽고 이해 할 수 있도록 풀이를 하고 싶은데 시간도 없고 어디서 원고료가 나올 것도 아니어서 친구와의 약속을 지킨다는 의미로 요한복음 앞부분만 예시로 합니다.

1. 먼저 처음에, 말(계시)가 있었다. 이 말은 처음 하느님으

로부터 나온 것인데 우리는 아무도 하느님을 본적이 없는 고로 이 말을 통해 우리는 하느님을 알 수 밖에 없다. 그래서 이 말이 바로 하느님이라고 하는 것이다. (기존 번역 원문: 한처음에 말씀이 계셨다. 말씀은 하느님과 함께 계셨는데 말씀은 하느님이셨다.)

2. 예수는 사람의 아들, 인자(人子)의 모습으로, 바로 우리 앞에 나타나 하느님의 말을 모든 이에게 전 한 이다. 따라서 우리는 예수가 바로 하느님의 말(계시)이요, 그래서 하느님과 같이 있었다고 하는 것이다. (그분께서는 한처음에 하느님과 함께 계셨다.)

3. 바로 이런 예수의 말로 세상 모든 것이 새로 태어났고(규정되었고) 이에서 벗어난 것은 없다. (모든 것이 그분을 통하여 생겨났고 그분 없이 생겨난 것은 하나도 없다.)

4. 그래서 하느님의 말을 바로 전한 예수의 말로 인해, 만물이 새 생명을 얻었고(새로운 의미로 규정되었고), 이로서 사람들은 세상을 새로 밝게, 바르게 볼 수 있게 되었다. (그분 안에 생명이 있었으니 그 생명은 사람들의 빛이었다.)

5. 그러나 예수가 이렇게 밝게 보여주었으나 세상 사람들은

여전히 바로 보지 못하고 있다. (그 빛이 어둠 속에서 비치고 있지만 어둠은 그를 깨닫지 못하였다.)

6. 이 말은 나 혼자(요한복음 저자)만의 말이 아니라 세례 요한이 이미 증언한 바이다.

그 세례 요한의 증언 내용이 9, 10, 11절까지 반복적으로 다시 이어지는데, 이는 요한복음 저자가 자신의 주장을 세례 요한의 이름을 빌어 다시 확인한 것입니다. 즉, 예수 당시 최고의 선지자인 요한의 권위를 빌어 예수의 위상을 확인하는, 저자의 논지를 강조한 부분입니다.

7절과 8절은 성경을 읽는 사람들이 예수와 세례 요한을 혼돈할까봐 예수와 세례 요한은 예수와 위상이 다른 사람이라고 강조한 부분입니다. (요한복음 저자라고 전해지는 요한과 세례 요한은 별개의 인물입니다. 이 부분을 통해서 우리는 당시 예수에게 세례를 준 세례 요한의 위상을 간접적으로 확인 할 수 있는바 요한복음 필자인 요한도 혹시 사람들이 세례 요한에게 더 비중을 둘까봐 아래에서 부연 설명을 하는 겁니다.)

12. 예수는 당신을 그리스도로 받아들이는 모든 이들에게 하

느님의 자녀가 되는 권한을 주었다. (그분, 예수께서는 당신을 받아들이는 이들, 당신의 이름을 믿는 모든 이에게 하느님의 자녀가 되는 권한을 주셨다.)

13. 이 말은 애초에 인간이 하느님의 자녀로 태어나는 것이 아니라 성장한 후에 새롭게 깨달아서 그리되는 것이니 하느님에게서 새로 난 것이라 하겠다. (이들은 혈통이나 육욕이나 남자의 욕망에서 난 것이 아니라 하느님에게서 난 사람들이다.)

14. 우리는 예수가 인간처럼 죽은 줄 알았으나 부활하는 영광스러운 모습을 보았다. 이 기적을 보니 그의 말은 거짓이 아니었다. 진짜로 하느님의 아들, 대리인이라는 사실을 확인할 수 있었다.(말씀이 사람이 되시어 우리 가운데 사셨다. 우리는 그분의 영광을 보았다. 은총과 진리가 충만하신 아버지의 외아드님으로서 지니신 영광을 보았다.)

15. 16. 그래서 요한도 이리 말한 것이다. "예수는 세상에는 나 보다 늦게 태어났으나, 이미 하느님의 아들인고로 나보다 먼저 앞서서 계신분이라고 할 수 있다. (요한은 그분을 증언하여 외쳤다. "그분은 내가 이렇게 말한 분이시다. '내 뒤에 오시는 분은 내가 나기 전부터 계셨기에 나보다 앞서신 분이시다.'" 그분의 충만함에서 우리 모두 은총에 은총을 받았다.)

17. 그동안 하지 말라는 구속은 모세를 통하여 주어졌지만 세상을 새로 볼 수 있는 은총과 진리는 예수를 통하여 주어졌다. (율법은 모세를 통하여 주어졌지만 은총과 진리는 예수 그리스도를 통하여 왔다.)

18. 아무도 하느님을 본 적이 없다. 그러나 예수를 보니 그가 바로 하느님의 계시(말씀)이 분명한지라, 우리는 그를 통해 하느님을 볼 수 있었다. (아무도 하느님을 본 적이 없다. 아버지와 가장 가까우신 외아드님 하느님이신 그분께서 알려 주셨다.)

3. 새로운 풀이에 대한 해설

어떻습니까? 제 풀이를 보니 이제 앞뒤 문맥이 서로 연결되고 전체적인 내용이 얼추 이해가 됩니까? 기독교를 믿지 않는 일반인도 쉽게 이해하라고 자세히 풀이 한 관계로 문장은 비록 미문美文은 아니나 원래 성경 문구보다는 훨씬 앞뒤 맥락이 잘 맞을 겁니다. 아마 성경이 이렇게 이해하기 쉬워지면 밥숟가락 놓아야 하는 종교 종사자들이 많을 겁니다. 물론 기존의 성경 번역이 우아하게 비유와 상징과 생략으로 이루어진 간소한 미문일지는 몰라도 모름지기 종교의 기본 경전이라면 의무교육을 받은 사람이면 바로 읽고 이해 할 수 있어야 한다고 저는 생각합니다. 맹신과 우상 섬김은 무지를 자양분으로 기생하는 악입니다. 그래서 그들은 중세 기독교처럼 성경의 해석을 독점, 왜곡하려고 하는 겁니다. 그러다가는 결국 망하지요. 아직도 이해가 덜 되시는 분들을 위해 저의 새로운 풀이에 대해 더 구체적이고 자세한 해설을 추가해 보겠습니다.

해설

당신은 세상을 어떻게 받아들이는가. 아니, 다시 쉽게 말하면 당신은 어떻게 세상 사물을 알게 되었는가. 또, 돌려 말하면 사람들은 세상 사물들을 처음 어떻게 인식하는가. 처음 본 물건이나 사물, 더 나아가 우리 생각 등을 어떻게 머릿속에 정리하고 수용하는가. 이 말이 헷갈리면 아기가 처음 태어나 사물을 인식하고 점차 자라나 무언가를 요구하고 욕구를 밝힐 때 어떻게 하는가를 생각해 보아도 되겠다. 아니면 아주 먼 곳으로 가서 처음 보는 풀이나 동물을 보게 되었을 때 그것을 어떻게 우리 생각에 담아두고 다른 사람들에게 전해줄 것인가를 생각해 보자.

'이것이 무엇이냐. 이러이러하게 생겼고, 먹어보니 이런 맛도 나고, 또 저렇게도 보이니, 이제 이것을 무어라고 말하자.' 즉, 이름을 붙이자. 그래서 다른 사람에게도 그것의 모양이나 모습을 말해주고 다음에 말할 때 먼저 말했던 그것의 이름을 말해서 서로 간에 그것에 대한 생각을 나눈다. 만약 여기서 그것에 대한 명칭에 대해 서로 가리키는 대상이나 의미하는 바가 다르면 전혀 엉뚱한 소리를 하게 된다. 서로 상통하지 않는 것이다. 그래서 우리는 서로 상통하기 위해 외국어도 배우는 것이다. 말이 안 통하면 서로 통할 수 없고 어떤 물건이나 대상이 있고 생각이 있어도 존재하지 않는 것이나 매일반이다. 이는 옛날 원시인들이라고 다를 바 없을 것이다. 이렇게 인간은 밖의 대상이나 안의 생각들을 말로 하나하나 만들어 간 것이다.

일종의 창조과정이라고 해도 좋겠다. 그리고 어떤 사물에 어떤 뜻으로 이름을 붙였으나 나중에 그것의 새로운 의미와 쓰임새를 더 알게 되면 뜻을 추가하거나 이름을 더하기도 한다. 새롭게 창조하는 것이다. 그래서 인간들은 이 세상에 있는 모든 사물들에 이름도 붙이고 생각에도 뜻을 새겨 말로서 서로 의미를 주고받게 되었다. 그래서 인지도 발달하고 세상은 인간의 영역에 들어오게 된 것이다.

그런데 이제 하나의 대상을 생각해 보자. 바로 '신'이라는 대상을, 그러면 과연 이 '신'도 (하느님이라고 해도 좋고, 하나님이라고 해도 좋고, 알라라고 해도 좋다. 아무튼 인간이 '신'이라고 부르는 '대상'을 말이다.) 과연 인간이 다른 대상처럼 이름을 지어 뜻을 새겨 서로 의미를 주고받는 대상인가. 여기서 요한복음 저자는 아니라고 단호하게 선포한다.

'아니다! 신은 인간이 인간들의 죽음을 보고 마음속에서 만들어 내거나, 아니면 자연의 거침을 보고서 만들어낸 것이 아니고 인간에게 스스로 나타난 것이다.' 그러면 어떻게 나타났느냐. 바로 말로 나타난 것이다. 이를 '계시'라고 한다. 비록 인간이 세상 만물에 이름을 붙이고 그 의미를 새겼지만 그 이전에 인간에 의미를 새기고 이름을 붙인 것은 인간보다 먼저 있는, 인간에 선재先在한 신이다. 이 내용이 바로 요한복음 저자가 말하고자 하는 요한복음 1장 처음의 의미이다.

이것은 말로 인간에 전해진 것이며 바로 이 말을 계시라고 하는데, 예전에는 이 계시가 특별히 선택받은 자들에게만 주어졌다. 이 선택받은 자를 선지자라 한다. (만약 이글을 읽는 당신이 계시를 받는 다면 한국말로 주어질 것이고, 당시 유대 족속들에게는 그들의 말로 주어졌을 것이다.)

그런데 인간이라는 이 생물들이, 분명 선택받은 자들을 통해 하느님의 뜻을 전했음에도 불구하고, 하느님의 말을 듣지 않고 선지자를 의심하거나 아니면 제멋대로 그 계시의 뜻을 왜곡하여 왔다. 그 사실은 구약에 보면 매우 잘 나와 있다. 구약은 바로 인간들이, 특히 유대족속들이 어떻게 하느님의 계시를 무시하고, 제멋대로 살았으며 그래서 어떤 벌을 받았는가를 기록한 문서이다.

그래서 보다 못한 하느님이 모든 인간에게 바로 드러날 수 있도록, 바로 인간의 모습으로, 인자(人子. 사람의 아들)로 하느님의 말씀, 계시를 보냈으니 이 이가 바로 예수라, 하는 것이 바로 요한복음 저자가 요한복음 1장 프롤로그에서 선포하는 내용이다.

이런 살아있는 인자의 모습으로 계시를 현시해 주었음에도 불구하고 인간들은 더구나 유대족속들은 그를 의심했으며, 살아있는 하느님의 계시를 십자가에 매단 것이다. 이는 요한복음 저자인 내말만이 아니고 예수 당시 선지자이고 가장 권위 있는 자인 세례 요한이 한 말이라고 저자는 예수 당시의 권위자의 말을 빌어서 강조하고 있다.

그래서 예수는 과거 낡은 율법에 묶여 있는 만물에 새로운 의미를 부여하고, 구습의 굴레에서 해방시키고 새롭게 해석했으며, 이를 선포하는 중에 의심하는 자들을 위해 일부 이적異蹟도 보여주었다. 이렇듯 예수가 만물에 새로운 생명을 지어주고 인간들에게 만물을 밝게 볼 수 있는 기회를 주었으나 인간들은 이를 깨닫지 못하고 여전히 어둠 속을 헤매고 있는지라. 그래서 나 요한복음의 저자는 이 예수가 한 말(하느님의 계시)를 바로 적어 사해인간에 제대로 널리 알리고자 한다. 아마 이것이 요한복음 필자의 전체 복음서 집필 의도일 것이다. 11절부터 18절까지는 따로 해설이 필요 없을 정도로 풀이만 보아도 쉽게 이해 할 수 있을 것이다.

신약성서 안에서 예수의 행적을 적은 사복음서 중에서도 가장 늦게 편찬된 요한복음만이 저런 1장 1절부터 18절까지의 서문을 가지고 있습니다. 요한복음 프롤로그라고 하는데요, 요한복음의 저자로 알려진 요한이 직접 쓴 것인지는 몰라도 아무튼 집필자가 왜 우리는 예수의 행적을 그리고 말씀을 알아야 하는지 그 의미를 아주 간략하게 정리를 잘해 놓고 있습니다.

자, 지금까지 아주 소략하게 신약성경의 에센스라고 할 수 있는 요한복음 1장 초입부분을 새로 해석하고 뜻풀이를 했습니다. 과연 누구의 글이 더 이해하기 쉽고 마음에 바로 와 닿는가 하는 평가는 읽는 이의 몫이겠죠. 기독교 성경은 그 뜻을 새기기에 어렵지 않을 뿐더러 어려워서도 안 된다고 저는 생각합니다. 기본적인 의무교육만 받은, 신앙이 없는 이들도 알기 쉽게 쓰여져야 하는 것이 종교의 경전입니다. 종교의 경전이 암호화 되고 종사하는 특정 부류의 인간들만 이해하는 것이 되면 그건 바로 그 종교가 사교화되는 조짐이라고 생각합니다.

성경은 신학교나, 신학대학을 나온 목회자나 박사학위를 주렁주렁 걸친 이들의 어려운 해석을 통해서만 그 뜻이 분명히 들어나는 그런 난해하고 이상한 책이 아닙니다. 예수와 동행하던 제자들도 태반이 글을 몰랐고, 당시 예수를 따르던 이들은 거의 배움과는 거리가 먼 무지렁이들이었습니다. 그런 그들도 모두 예수의 말을 듣고 잘 이해했으며 따랐거든요. 그러나 요즘의 많은 이들이 성경을 어려워하고 잘 모르는 것은, 또 이를 바로 알리지 않은 것은 하나님과 예수를 독점하고 이용하여 제 일파, 제 한 몸 이득을 보려는 사악한 귀신들린 자들과 게으른 성직자들과 어리석은 학자들이 많이 있는데 따른 것이라고 저는 생각합니다.

요한복음 앞머리를 알기 쉽게 풀이하다.

탈공산방에서

3강

불교에 대하여 1

지난 1강에서 유학의 기본 경전인 논어의 맨 첫머리 학이편 초입을 기존의 상투적인 시각에서 벗어나 새롭게 해석을 해보았습니다. 2강에서는 기독교 신약성경 중의 백미인 요한복음의 발간사, 서문 부분을 누구나 알 수 있도록 쉬운 우리말로 새롭게 풀이 했습니다. 이제 오늘은 불교 이야기를 해 볼까 합니다.

저는 종교에 관심이 많습니다. 우연찮은 인연으로 젊은

시절부터 여러 절에 놀러 다니고(우리나라 절은 어느 곳을 막론하고 풍광이 좋아 놀기 좋고 쉬기 좋은 곳에 자리 잡고 있습니다.) 그러다 보니 다양한 스님들과 친구하면서 불교에 대한 나름의 시각을 다듬을 수 있었습니다. 사실 기독교나 유학보다도 공부하는데 더 많은 시간을 할애한 분야입니다.

누구나 다 아시다시피 불교는 팔만대장경이라고 하는 누구도 평생을 다 투자해도 한 번 독파하기 어려운 방대한 경전을 가지고 있습니다. 혹시 큰 도서관에 가시면 종교 파트에서 한글로 번역되어있는 고려대장경, 팔만대장경을 보실 수 있을 겁니다. 도대체 왜 불교는 이렇게 평생을 다해도 일 회독하기도 힘들만큼 많은 경전을 갖고 있을까요. 기독교는 그저 신구약 한권이면 다 되고, 유교도 4서3경이면 두루 다 섭렵할 수 있습니다. 그런데 불교는 경전이 너무너무 많아요. 그래서 언제 저걸 다 읽고 불교에 대해 조금이라도 알 수 있을까 하고 한숨을 쉬던 시절도 있었습니다.

그런데 그 방대한 경전이 가만 생각해 보니 부처 당시 쓰여진 것도 아니고 부처님이 돌아가시고 난 후에도 백년도 훨 지나서 후세에 이름도 전해지지 않는 여러 사람들의 손을 거쳐 쓰여지기 시작해서 천 몇 백 년 동안 지속적으로 각기 다른 저자와 각기 다른 지리적, 문화적, 시대적 배경을 가지고 장구하다면 장구한 오랜 세월에 걸쳐서 만들어진 것이었습니다. 지금 보면 모두 검정색 하드카바로 단정하게 한 출판사에서 한날한시에 찍어낸 통일된 모습의 경전이지만 그 속내를 들여다보면 어느 한권 같은 장소에서 같은 시기에 같은 필자에 의해 쓰여진 것이 거의 없습니다.

그럼 그중에서 도대체 부처님 생각의 한 조각이라도 알기 위해서 어떤 책, 경전을 읽어야 할까요? 소싯적에 저도 그런 의문을 가지고 나름 권위자들에게 물었드랬습니다. 누구는 반야심경을 공부하라고 하고 혹자는 금강경을 권하기도 하고 또 어떤 스님은 본인이 직접 해설한 화엄경을 읽어 보라고 친히 사인까지 해서 주기도 했습니다. 그래서 한때는 권하는 대로 다 읽기도 했습니다.

그런데 그런다고 불교가 다 알아지는게 아니었습니다. 아마 그래서 가부좌 틀고 앉아서 졸다가 문득 깨달으면 된다고 선종이 생기고, 불경을 연구하는 교종보다 선종이 더 유행을 하는지도 모릅니다. 사실 상당히 나름 근거 있는 주장입니다. 저도 수시로 가부좌 틀고 앉아 무시로 졸았습니다마는 근기가 낮아서 그런지 몰라도 애석하게도 이 나이 되도록 어느 날 문득 크게 깨달은 것이 별로 없습니다. 아무튼 왜 이런 이야기를 하는고 하니 기독교나 유교와 달리 불교는 어느 한두 권의 경전을 해석하는 것으로 그 요체를 알 수 있는 것이 아니라는 말을 하기 위함입니다.

그래서 저는 석가모니가 과연 어떤 생각으로 왕궁, 집을 나왔을까(出家-가출)를 한 번 생각해 봤습니다. 그러면 혹시 불교를 이해하는 실마리를 잡을 수 있지 않을까 생각한 겁니다. 그럼 석가는 과연 어떤 문제의식을 가지고 왕족의 자리를 박차고 나와 새로운 이야기를 시작했을까요?

무릇 모든 종교의 출발점이 다 유사합니다마는 인간이라는 개체의 불완전성과 외적 조건의 불충분, 유한함이 모든 문제의 출발점이고 부처도 이 문제를 해결하고자 살기 좋은 집, 왕궁을 나와 홀로 걸어가기 시작했습니다. 누구나 다 생노병사生老病死(석가의 사문유관四門遊觀)의 틀을 벗어 날 수 없고(개체의 불완전성) 인간의 욕망은 무한한데 욕망을 충족시키기 위한 자원은 유한합니다.(외적 조건의 유한, 불충분함) 그러다 보니 서로 치고 받고 싸우고 하는 아귀다툼은 지금 오늘도 계속되고 있습니다. 이천 년 전도 훨씬 전에 문제가 지금도 여전한 겁니다. 그런데 이제 이 문제를 해결하는 방법의 출발점이 서로 다른데서 여러 종교가 나누어집니다.

예수는 이 문제를 제 3자를 동원함으로서 해결하려 했습니다. 바로 여호와 하느님, 신입니다. 지금 현세에 해결이 안되지만 여호와를 믿으면 내세에는 해결이 되니까 지금 믿어라 입니다. 후대의 신학자들이 뭐라고 했던 간에 당시 예수는 내세의 구원, 즉 영생을 이야기했지 현세를 이야기 하지 않았습니다. 현세는 도외시하고 내세, 하느님 나라를 이야기합니다. '믿어라. 그러면 너희가 다음 생에 구원을 받아 천당에 갈 것이다'입니다. 그러면 하느님 옆자리에 앉아 죽지 않고 영원히 호의호식 할 수 있다고 말합니다. 물론 후대의 신학자들은 다양한 사회 환경의 변화와 조건에 따라 여러 가지로 새롭게 해석합니다마는 신약성경에 나오는 예수의 발화와 행동은 일단 하느님 나라에 초점이 맞추어져 있습니다.

그럼 부처님은 과연 이 문제를 어떻게 해결 했을까요? 이 이야기를 지금부터 말 하려는 겁니다. 한마디로 부처는 외적 조건의 결여, 부족함을 내적 조건의 변화로 해결하려고 했습니다. 일시 쉽게 비유해서 말하면 이런 겁니다. 이쁜 여자하고 사랑을 나누고 싶죠? 여러분들도 그러고 싶잖아요. 안 그래요? 나는 그런데. 그런데 이쁜 여자가 어디 그렇게 흔해서 시원찮은 저한테까지 차례가 옵니까? 그래서 괴로워하는 저한테 부처는 이렇게 이야기합니다. '이봐라, 우선 우리 과연 이쁘다는게 뭔지 한번 생각해 보자, 니가 말하는 이쁘다는게 진짜로 이쁜거니? 혹시 니 눈이 잘못보고 있는거 아닐까? 그리고 또, 우리가 이쁘다고 생각하는 우리 마음을 한번 살펴보자. 혹시 우리가 잘못 생각하고 있는게 아닐까? 진짜로 이쁘다는 건 없는 게 아닐까? 우리 눈이, 우리 마음이 그렇게 착각하는 거 아닐까?' 그러니 마음을 한 번 고쳐먹어 보라입니다. 그리고 그 '마음이라는 것도 진짜로 있는 거니?'하고 다시 묻습니다.

그래서 누가 실연失戀을 해서 마음이 아파요 그러니까 어느 스님이 그 아픈 마음을 나에게 가져오면 내가 안 아프게 해줄게 그럽니다. 몰라요. 내 마음이 어디있는지 나도 모르겠어요. 어떻게 마음을 가져 올 수 있나요. 그거 봐라, 마음이라는 것이 본디 없는거다. 그러니 니가 마음이 아프다는 것도 다 개뻥이다. 그러니 아플 이유가 없다. 어머, 그러네요. 이제 마음이 안 아파요 라는 이야기가 나오는 겁니다.

즉, 외적 조건의 결핍(이쁜 여자의 부족함) 아, 요즘 이러면 안 되는데. 공평하게 모든 여자들이 동경하는 훈남이 세상에 흔치 않음을 생각해 봅시다. 그런데 훈훈하다는게 진짜로 존재하니 애들아. 니들의 외롭고 쓸쓸한 마음이 훈훈하다고 지어 낸 것이 아닐까? 우리 외롭다는게 뭔지, 외로운 마음이 어디서 나오는지 한 번 생각해 보자. 부처는 이런 식으로 사람들을 꼬십니다.

불교가 논리에 강하고 말이 많아 경전이 많은 것이 이렇게 내적으로 따지고 드는 데서 출발해서 그런 겁니다. 기독교는 아주 심플합니다. '믿어라, 그러면 훈남이 너의 것이니라, 아니지 구원받을 것이니라.' 그런데 불교는 '우리 한 번 따져보자'입니다.

'우리가 이쁘다고 생각하는 것은 과연 어디서부터 나오는거지?' 이러면 이제 안眼 이耳 비鼻 설舌 신身 의意, 색色 성聲 향香 미味 촉觸 법法이 나오기 시작하는 겁니다. '과연 이쁘다는게 있다면 그러면 이 이쁨이 계속 지속되는 거니?' 그러면 이제 성주괴공成住壞空, 무상無常이 나오고, 그 다음에

58

'과연 니가 이쁘다고 생각하는 너라는 존재는 실제로 있는거냐?' 그러면 무아無我가 나오고, 너의 외부에 있는 존재, '이쁜 여자, 훈남이 과연 객관적으로 항구히 존재하는거냐.' 물으면 이제 유有, 무無가 나오고 그걸 넘어서는 공空이 나오고 그 공도 넘어서는 탈공脫空이 나오는 겁니다. (이 글을 쓰는 저의 아호雅號인 탈공산인의 유래는 바로 이 공과 공을 극복하는 탈공의 사상에서 나온 겁니다.) 그러면 이제 아주 마구마구 골치가 아파지기 시작합니다. 그 골치 아픈 결과가, 골치를 즐기는 인간들이 만들어 놓은 것이 팔만대장경입니다.

아무래도 기독교나 유학과 달리 불교는 배경 설명을 하자니 이야기가 길어지네요. 골치 아픈 불교 이야기를 한 번 더 해야겠습니다.

불교에 대해 알아보다.

탈공산방에서

4강

불교에 대하여 2

지난 시간에 이어서 우리 불교에 대해 조금 더 이야기 해 봅시다. 그래서 부처는 우리의 외적 조건, 그냥 무식하게 표현합시다. 물질(돈)과 욕구충족의 대상(이쁜이와 훈남)이 부족한데서 오는 괴로움을 우리의 내적 조건의 변화, 마음을 고쳐먹음으로서 극복하려고 한 겁니다. 방법은 크게 두 가지가 있습니다. 논리적으로 열심히 따져 봄으로서 스스로 그렇다고 인정하는 방법(일종의 논리적 자기 최면이라고나 할까요)

과 가부좌 틀고 앉아 졸다가 문득 그렇구나 하고 깨달아 오
도송을 읊조리는 방법 두 가지가 있습니다. 저는 근기가 낮
아서 아직 어느 방법으로도 성공하지 못하고 이날 이때까지
다양한 욕망을 충족시키지 못해 껄떡거리고 있습니다. 스스
로 생각해도 참 근기가 낮은 미욱한 중생입니다.

그런데 지난 시간에 기독교도 이런 문제를 해결하기 위해
제 3자인 신을 불러와서 해결하려 했다고 이야기 했습니다.
믿어라. 그러면 지금 현세는 책임을 못져도 죽은 다음에는
책임을 저주겠다. 물론 요즘이야 기독교나 불교나 막론하고
인간들이 영악해져서 내생은 나중일이고 우선은 현생의 보장
을 확실하게 해달라고 보채는 바람에 대다수 종교가 현세기
복신앙의 범주를 벗어나지 못하고 있는 실정입니다만은 출발
은 그게 아닙니다.

제가 언론과 대학의 현직에서 은퇴한 후 청소년 교육 봉
사를 한지 제법 오래 되었는데요, 교회 다니는 아이들은 하
느님이 대학에 보내주는거라고 생각합니다. 교회에서 그렇게
세뇌시키는 겁니다. 내가 아무리 너희들이 나한테 열심히 배
워서 너희들 스스로 실력을 길러서 가는 거라고 누누이 이야
기해도 안 믿습니다. 선생인 나보다는 예수님이나 부처님의
끗발이 더 쎕니다.

그래서 요즘은 하느님이나 부처님이 그렇게 너희들 하나
하나 신경 쓸 만큼 한가하지 않아서 선생인 나한테 모든 걸

다 위임했으니 (이럴 때 예수와 보살의 비유를 들어 설명합니다. 예수는 하느님의 아들, 대리인이고 보살은 부처님의 대리인이잖아요. 현대는 워낙 인간 숫자도 많고 복잡한 세상이라 하느님이나 부처님도 예수나 어느 보살 한 사람만의 손을 빌어 모든 문제를 해결하기 어렵다 그래서 기능적으로 분화되어 있어서 너희들 대학을 보내는 역할은 나 같은 훌륭한 선생님이 예수나 보살의 재위탁을 받아서 행하는 것이다.) 내 말을 잘 들어라 그럽니다. 그러면 시키는 대로 열심히 공부합니다. 이 말을 왜 하는고 하니 우리 현실 생활 속에서 종교가 어떻게 기능하는가 하는 말을 하려고 하는 겁니다. 기독교나 불교가 서로 현실의 문제점을 해결하는 출발점, 발상은 다른데 요즘은 현상적으로 나타나는 결과는 동일합니다.

세상이 변하면서 이제 모든 종교는 지금 이 순간을 보장해 주지 않으면 외면당하고 맙니다. 그래서 종교업종에 종사해서 입에 풀칠하는 사람들은 과거 우리 동네에서 이런 현실 문제를 전담하던 동네 문제 해결사, 무당이나 박수의 역할을 합니다. 서구화되면서 명칭은 현대화 돼서 목사나 신부, 스님 등 다양하게 불리는지 몰라도 지금 하는 기능은 주로 박수무당의 기능을 한다고 보면 맞습니다. 종사자가 대다수 남성이니까요.

종교업종에 종사하시는 분들 이 호칭에 너무 열 받지 마십시오. 호칭이 뭐가 중요합니까. 이름이 중요한 것이 아닙니다. 성경이나 불경에서도 누누이 강조하고 있잖아요. 이름이 중요한 것이 아니라 어떤 역할을 하느냐, 실제가 중요한 겁니다. 여러분들 지금 강론을 하거나 설법을 하면서 내세를 강조합니까 아니면 지금 당장 잘 먹고 잘살게 해주고 병을 낫게 해주겠다고 합니까? (그러니 십일조나 보시를 많이 하라고 합니까?) 종교인일수록 솔직해야합니다.

자, 너무 논쟁적인 이야기에서 살짝 벗어나 관점을 좀 달리해서 종교를 바라봅시다. 우리 생각이나마 자신을 과거의 왕이나 권력자, 아무튼 현실적인 욕망을 충족시키고도 남을 능력을 가진 힘 있는 사람이라고 생각해 봅시다. 기분 좋습니다. 그런데 나라는 크지만 백성이라는 것이 워낙 수가 많아서, 세금 거둘 때나 전쟁을 할 때는 백성이 많으면 좋지만 평소에는 먹여 살릴 걱정이 더 많습니다. 마냥 굶기면 나중에는 눈에 보이는 것이 없어서 곡괭이들고 왕궁으로 쳐들어오면 큰일 나잖아요. 백성들 하나하나가 전부다 욕망의 덩어리, 화신들입니다.

그런데 어느 날 기특하게도 한 친구가 나타나 내 백성들에게 이렇게 말합니다. '백성들아 현실에서의 너희들의 욕망은 착각이다. 욕망을 버려라.' 아니면 '내세를 기약해라. 내세에서는 너희들의 모든 욕망이 모두 충족될 것이니 현세에서는 그냥 찍소리 말고, 임금님 말씀 잘 듣고 조용히 살아라.' 임금인 내 귀가 번쩍 뜨입니다. '아니 이렇게 고마울수가.'

그렇잖아도 흉년이 들어 욕망의 덩어리들인 백성들의 원성이 하늘을 찌르고 있어서 심기가 불안하던 차에 백성들더러 내세를 기약하라거나 욕망을 버리라니. 왕의 입장에서는 그야말로 구세주의 등장입니다.

그래서 여러분이 신하에게 명령을 내립니다. '그렇게 말씀하시는 분을 얼른 모셔 와라.' 신하가 쪼르르 나가서 알아보더니 돌아와 이렇게 말합니다. '그렇게 말하시던 분은 진즉에 하늘나라로 가셨고 지금은 그 제자라고 칭하는 일군의 노숙자 무리들이 그런 소리를 하고 다닙니다.' 그래서 내가 이르기를 '그래 그럼 이미 죽은 사람이라 좀 아쉽지만(사실은 다행이지만) 그분을 훌륭하신 분, 성인聖人으로 공표하고, 그 제자라는 노숙자 무리 중에 우두머리를 모셔 와라.' 성인과 왕사王師(교황敎皇)가 탄생하는 순간입니다.

이제 왕이나 황제가 공식 스폰서가 되어서 그 분들의 무리를 존중하고 성인의 말을 국가의 종교나 통치원칙으로 선포하고 따를 것을 만백성에게 선언합니다. 이미 십자가에 못 박혀 죽은 예수나 상갓집 개처럼 떠돌다 생을 마친 공자나 부처님은 저승에서 조금, 아니 많이 억울해 합니다. '나 살아생전에 좀 그래보지 나쁜 놈들.' 로마제국의 황제나 중국의 왕들 인도의 아쇼카왕 모두 귀가 좀 가렵습니다.

그동안 동가식서가숙하던 성인들의 제자들이 고기 맛본 중처럼 갑자기 권력의 끄나풀이라도 손에 쥐게 되니 정신이 아득합니다. 눈에 보이는 것이 없습니다. 엿장수 마음대로 그동안 억제하고 있던 현실 세계의 욕망을 일순간에 충족시키려합니다. 성울혈(빌헬름 라이히 Wilhelm Reich)도 순식간에 폭발적으로 해소시킵니다. 세속의 권력을 등에 업고 종교가 지배하는 중세가 시작된 겁니다.

우리는 중세를 암흑시대라고 하지요. 우리 사회의 어느 구석에서는 지금도 중세가 활개치고 있는지도 모릅니다. 시간의 중첩, 현대의 특징 중의 하나입니다. 비동시적인 것의 동시적 혼재입니다.(에른스트 블로흐 Ernst Bloch는 다른 시대에 존재하는 사회적 요소들이 같은 시대에 공존하는 현상을 가리켜 '비동시성의 동시성'이라고 말합니다. '모든 사람들이 동일한 현재에 존재하는 것은 아니다. 그들은 오늘 보일 수 있다는 사실을 통하여 외형적으로만 동일한 현재에 존재할 뿐이다. 사실상 그들은 예전의 요인들을 갖고 있다. 그것들이 서로 간섭한다.') 우리 사회의 우울한 모습이 중첩됩니다.

아마 예수나 석가, 공자가 우리 현세의 욕망을 충족시키기 위해 많이 가진 놈들을 다 때려죽이고 그들이 기존에 넘치도록 가지고 있던 욕망의 대상들을 골고루 나누어가지자. '나가자. 혁명이다.'라고 했으면 아마 지금은 예수나 부처, 공자의 이름을 기억하는 사람이 별로 없을 겁니다. 욕망 충족의 대상, 현실세계의 힘, 권력을 많이 가진 자들에 의해 멸절

되었을 거니까요. 실제로 그러다가 권력자들과 돈 많은 자들에게 철퇴를 맞고 소리 소문도 없이 역사의 뒤안길로 사라진, 지금은 아무도 기억해 주지 않는, 역사교과서의 화석으로 남아있는 사람들과 그들의 생각이 많습니다. 우리가 관심을 안가지고 몰라서 그렇지.

그런 의미에서 지금 예수나 부처를 팔아 현세의 욕망을 크게 충족하고 있는 이들은 예수나 부처 보다 사실은 그들의 생각을 국가의 통치이념으로 받아들인 로마 황제나 중국의 왕, 인도의 왕들에게 감사해야할 겁니다. 아마 그래서 그런지 몰라도 꼭 우리나라라고는 말하지 않겠습니다마는 다수의 자칭 종교지도자들은 항상 권력자를 향해 예배드리고 빌붙지 못해 안달을 하는지도 모릅니다. 현실을 직시하고 있는 겁니다. 본능적으로. 아무튼 저는 여기서 예수나 석가를 비난하고자 하는 마음은 일도 없습니다. 오해하지 마시고, 단지 동일한 문제에 대한 해결에 대해 그들의 출발이 어떻게 다른지, 그런데 현대에 와서는 그들의 제자들에 의해 왜 동일한 현상을 보이는지를 말하는 겁니다.

그래서 다시 불교로 돌아와서, 불교를 이해하기 위해서는 팔만대장경의 어느 특정한 몇몇 경전을 골라서 읽어 본다고 해결되는 문제가 아니라는 겁니다. 그래서 석가는 도대체 무슨 문제를 어떻게 해결하려고 했는가, 석가의 문제의식을 알아보는 것으로 아주 간단하게 대신했습니다. 불학을 연구하는 교수들이야 자신들의 박사 논문과 관련된 부분을 불교의 요체라고 그럴 것이고(왜냐하면 박사 논문 쓴 이후로는 더 이상 새로운 분야의 공부를 한 것이 없을 것이기 때문에) 먹 물옷을 걸친 사람들은 각자 관심 분야가 있으면 그게 바로 부처님의 가르침이라고 할 겁니다. 다 자신들이 아는 범위 내에서 세상을 인식하는 법이니까요. 물론 저도 마찬가지입니다.

그렇다고 마음에 드는 팔만대장경 경전을 수지독송受持讀誦하지 말라는 말은 절대 아닙니다. 무얼 보더라도 우선 불교는 어떤 문제의식에서 출발했으며 어떤 방법으로 그 문제를 해결하려고, 내가 보려는 불경은 몇 천 년의 역사와 전통 속에서 어느 맥락에서 만들어진 것인지 한 번 생각하고 알아 본 다음에 읽으면 더 좋을 거라는 말씀입니다.

사실 성경이야 마음만 먹으면, 신약 같으면 한나절이면 다 읽을 수 있고 사서삼경도 마음만 다부지게 먹으면 방학 한철 다 독파 할 수 있습니다. 그런데 팔만대장경은 그게 안 됩니다. 불교의 장점이자 단점입니다.

불교에 대해 알아보다.

탈공산방에서

5강

성인聖人/석가,공자,예수 이야기

제가 소싯적에 좀 광오한 생각을 하기 좋아해서 도대체 인류의 3대 성인이라고 사람들이 칭송해 마지않는 석가모니나 공자, 예수들은 어떻게 살았는지 한참 생각한 적이 있었습니다. 나라고 사람들이 우러러 받드는 성인되지 말라는 법이 없지 않은가. 그래서 나도 한 번 성인이 되어보자 하는 마음에 나름 그들의 한살이 생을 이해하기 위해 여러 서물을 숙독한 결과 바로 나는 결단코 성인을 안 하리라. 못해서 안

안하는 것이 아니라 할 수 있어도 절대로 안하리라 하고 마음을 굳게 먹었습니다. 내가 내린 결론은 요즘 젊은 사람들 표현을 빌리면 이들 성인들이야말로 바로 '이생망(이번 생은 망)'한 사람들이라는 것입니다.

후세에야 온 인류가 온갖 종류의 다양한 모습의 조형물을 만들어 놓고 무시로 머리를 조아리고 이들로 인해 입에 넉넉하게 풀칠하는 자들이 무릇 기하인가 마는 당대의 이들은 그 당시의 기준이나 지금의 기준으로 보아도 객관적으로 결코 행복한 삶의 모범은 아니었습니다. 어떤 경우를 선택하든지, 이생망을 택하든지, 후세의 우상을 택하든지 간에, 그것은 개인의 취향에 따라 다를 수 있습니다만, 당시 스텐다드한 삶의 모범이었다면 나이 서른에 나뭇가지에 매달려 다른 강도들과 나란히 관리들의 못에 맞아 죽었겠으며, 상가집 개소리 들어가며 유리걸식을 했겠습니까? 부처님께서도 이리저리 방랑하시다 식중독으로 객사하셨으니 비록 고종명考終命할 정도로 오래 사셨다고는 하나 왕족 출신으로는 결코 우아한 최후였다고는 볼 수 없겠습니다.

그래서 나만 그렇게 불경하게 생각하나 하고 얼마 전 큰 빌딩에 큰 십자가 걸고 크게 비지니스하는 후배와 담론을 주고받으며 '야, 니가 그렇게 우러러 받드는 예수에 비해 너는 너무 호강하고 오래 살았다는 생각이 안 드느냐? 이제 그만 죽어라. 그래야 너도 성인 된다.'고 덕담을 했더니 이 후배가

'아니 신년 벽두부터 무슨 그런 악담을 하느냐.'고, 덕담을 악담이라고 곡해하고 펄쩍 뛰는 것으로 보아 이 예수의 제자를 자처하는 후배는 예수처럼 살 생각이 전혀 없다는 사실을 확인 할 수 있었습니다.

그뿐만이 아니라 대학 시절부터 같이 곡차를 즐기며 도를 논하던, 당시만 하더라도 눈빛이 초롱초롱하던, 하지만 이제는 같이 늙어가는, 명함에 어느 절 주지요 종단의 무슨 간부라고 새겨 가지고 다니는 먹물 옷을 펄럭이고 다니는 친구에게, 너는 세속을 벗어났다고 하는 인간이 세속에서 허덕이는 나보다 왜 돈이 더 많고 더 큰 외제차를 타고 다니느냐고 이제 그만 외적 조건의 욕망 충족에 더 이상 힘쓰지 말고 모든 것을 버리고 도시를 떠나 산으로 들어가 부처님처럼 수도에 힘쓰고 남는 돈 좀 나한테 기부하라고 하니, 그런 소리하지 말라고 펄쩍 뛰면서 마시던 곡차값까지도 도리어 나한테 덤터기를 씌우는 것으로 보아 부처님의 제자라고 하는 이도 부처님의 발걸음을 따를 생각이 전혀 없음을 확인 할 수 있었습니다.

그렇습니다. 사실 당시의 기준이나 지금의 기준으로 보아도 성인들의 개인적인 삶은 그렇게 해피하지 않았습니다. 차라리 언해피했다는 말이 맞습니다. 비록 신념에 살고 신념에 죽었지만 당시나 지금이나 심지어 성인의 발자취를 따르겠다고 서약한 사람들조차도 그렇게 살라고 하면 외면합니다. 성인의 삶을 흉내를 낸 몇몇 따르던 이들이 비슷한 삶을 살아서 후대에 순교자요, 제자로 이름을 남겼습니다마는 그들도 결코 세속적인 해피한 삶을 살았다고 볼 수 없습니다.

저도 그렇게 일찍 30대에 세상을 하직하기도 싫었고, 동가식서가숙東家食西家宿하면서 술 얻어먹고 다니기 싫었고, 객사하기도 싫어서, 성인 안하고 이 나이 먹도록 지금도 열심히 노동하며 목숨을 부지 하고 있습니다. 그래서 결코 앞으로도 성인으로 이름을 남길 수 없습니다.

그런데 철없던, 치기어린 시절에 성인 한번 돼보겠다고 이분들의 행적을 살펴보니 몇 가지 공통점을 발견 할 수 있었습니다. 연부역강한 성인 지원자들은 참고하세요. 우선 이분들 중 어느 분도 살아생전에 글 한줄 남긴 적이 없다는 겁니다. 아, 예수는 땅바닥에 낙서를 하신 적은 있군요. 하지만 지금 제가 쓰는 이 글처럼 문맥에 맞추어 의미가 분명한 글줄을 쓴 적이 없었던 것으로 보입니다. 성경을 몇 번 봤는데 제자들이 다른 이들에게 편지 쓴 건 눈에 많이 뜨이는데 예수가 친필로 누구에게 자신의 주장에 대해 긴 이야기를 써서 보낸 적은 없는 걸로 보입니다.

공자 말씀을 모아 놓은 논어도 후대에 제자들이 공자의 말과 행적을 잊어버릴까봐 모아놓은 편집한 책입니다. 필자 공자, 공자 지음 하는 책은 지금 전해지지 않습니다.(그런데 시중에 나온 논어책 중에는 공자 지음이라고, 필자 공자라고 씌어 있는 책도 있습니다. 제법 이름 있는 출판사에서 나온 이 책을 보고 저는 그날 토 할 만큼 웃었습니다.) 불경도 마찬가지입니다. 석가모니 입적 후 200년도 지난 후에야 비로소 불경을 편찬하기 위한 결집이 있었다고 합니다. 세 분 모두 말로만 먹고 산 사람들입니다. 그래서 성인이 되려면 절대로 손수 이 같은 글 따위를 쓰는 일은 없어야합니다. 그래서 저도 결단코 책을 쓰면 안 되겠구나 하고 생각했더랬습니다. 그러나 목구멍이 포도청이라고 돈이 아쉬워 영어소설도 번역하고 잡책도 몇 권 쓰는 치명적인 실수를 범하고야 말았습니다. 성인 예선 탈락입니다. 성인 되고자 웅지를 키우는 후학이 있으면 결단코 필자로 본인 이름이 들어가는 책을 쓰면 안 됩니다.

다음 특징으로는 따라다니는 제자, 졸개들이 제법 있었다는 겁니다. 뭐 이런 오야붕과 고붕 시스템은 요즘도 유흥가에 가면 조폭이라는 조금 거친 이름으로 다수 기생하고 있습니다. 아무튼 일단 제자들이 많으면 좋습니다. 자신의 세력을 과시할 수 있으니까요. 그러나 여기에도 치명적인 단점이 존재합니다. 요즘의 오야붕 고붕 시스템도 마찬가지지만 오야붕이 고붕들의 의식주를 모두 책임져야 한다는 겁니다. 그래서 조직을 이끌기가 쉽지 않은 겁니다. 이럴 때 반드시 필요한 것이 스폰서, 줄여서 스폰입니다. 과거, 어디까지나 과거입니다. 우리나라 연예인들에게도 스폰이 있어야 TV나 영화에도 출연 할 수 있었고 정치인들도 스폰이 있어야 출세할 수 있었던 것처럼, 조직원을 관리하고 군중을 동원하기 위해서는 제법 큰돈을 수시로 조달할 수 있는 스폰이 필요합니다. 이런 측면에서는 연예인이나 정치인이나 성인이나 비슷한 속성을 가지고 있습니다.

그래서 예수나 공자 제자들 중에는 이런 스폰 역할을 한 사람이 한 분씩 있었습니다. 다른 대충 노숙자 수준에 버금가는 제자들과는 달리 급할 때마다 넉넉히 살고 있는 집에서 돈 들고 나와 스승의 난관을 해결해 주었습니다. 누군지는 여러분들이 재미로 찾아보세요. 이런 스폰으로부터 비교적 자유로웠던 분은 석가모니입니다. 부처님께서는 워낙 말씀이 좋으셔서 스폰하겠다는 장자(長者. 요즘으로 말하면 재벌, 상벌입니다.)들이 많아 아무리 많은 추종자, 노숙자들이 모여도 밥 먹이는데 별 걱정이 없었습니다. 장자들뿐만 아니라 왕들도 많았습니다. 아마 부처님이 같은 왕족 출신이라 서로 동류의식을 느꼈는지도 모릅니다. 상대적으로 이런 부분에 어려움을 많이 겪은 분이 예수입니다. 오죽했으면 말씀을 듣겠다고, 사실은 그냥 한 끼니 해결하겠다고 찾아온 것인지도 모르지만, 요즘 같으면 노숙자 무리들의 양식을 해결 할 길이 없어 오병이어五餠二魚의 기적을 보이셨을까요. 부처님은 먹을 걸 장자들이 해결해 주니까, 대신 찾아온 사람들의 식후 정서적 만족감을 충족시켜주기 위해 디저트로 하늘에서 꽃비를 내려주시는 이적異蹟을 수시로 보이십니다.

오병이어를 통해 기본적인 먹거리를 해결해야 하는 절박함과 먹고 난 다음의 기분 전환을 위해 후식으로 하늘에서 꽃비를 내려주는 여유로움과 자상함이 당시의 척박한 풍토의 중동과 인도의 지리적, 경제적 여건의 차이입니다. 같은 조건에서 경전들이 어떻게 서로 다르게 서술되는지를 말하는 겁니다. 누구를 폄훼하려는 것이 아닙니다. 같은 상황이지만 지리적 배경이 다름에 따라 경전이 어떻게 다르게 서술, 창작되고 있는지 알아 봤습니다. 아무튼 여기서도 저는 성격적인 결함으로 성인 예선 탈락을 합니다. 누구의 섬김을 받는 것도 싫고, 누구를 섬기는 것도 싫어하는 성격의 사람이 제자를 몰고 다니면서 돈 많은 스폰을 구해 밥 먹이고 술 먹이지도 못하고 그렇다고 돈을 조달하기 위해 여느 현세의 종교인들처럼 사기를 치지는 더욱 못하니 이런 자질이 없는 사람들은 성인, 꿈도 꾸지 말 것을 권합니다. 성인의 길은 쉽지 않습니다. 고난의 길입니다.

예수와 석가가 세속과 한 발짝 거리를 두고 현실, 외적 조건의 불충분함과 개체의 불완전성 문제를 해결하려는 반면 공자는 세속에 적극 개입함으로서 이 문제를 해결하려고 합니다. 예수는 하늘나라에 대해 이야기하고 석가는 외부세계보다는 내면세계(마음)의 분석에 더 관심을 두고 탐구했습니다. 그래서 외부의 상황, 사회체제가 어떻게 변해도 영향을 덜 받고 오래 널리 명맥을 유지 할 수 있었습니다.

반면 공자는 봉건사회체제, 계급사회를 전제로 하고 그 기본적인 틀 안에서 태생과 직분에 따른 기본 행동원리, 제도(예禮)와 그 안에서 상호 원활하게 지내기 위한 내적인 마음 자세(인仁)에 대해 이야기합니다. 그래서 지배계급이 국가 운영원리로 수용을 해주면 끗발을 날리는데, 그렇지 않으면 별 영향력을 발휘하지 못합니다. 그래서 유교를 통치원칙으로 존중해주던 동양 3국의 정치체제가 서구의 정치 체제에 복속되면서(중국의 공산주의도 뿌리는 서구 사상입니다) 바로 영향력을 상실하고 겨우 우리 일상생활에서 생활 윤리의 흔적으로나 잔재가 남아 있는 실정입니다.

앞으로 성인이 되어 새로운 종교를 만들고자 하는 큰 생각을 품은 사람들은 교리를 만들 때 꼭 참고하시기 바랍니다. 정치와 결합하여 성공하면 단시간 내에 큰 영향력을 확보 할 수는 있으나 정치적 배경이 사라지면 바로 몰락합니다. 그러나 예수나 석가처럼 현실과 좀 거리를 두고(아주 떨어져도 안 됩니다.) 피안의 세계를 이야기 하는데 힘쓰면 수명이 오래 갈 것입니다.

성인에 대해 알아보다.

탈공산방에서

6강

진화와 문화의 갈등

누구는 나이를 먹어 갈수록 종교에 관심이 많아진다고 하는데 저는 세월이 갈수록 과학에 관심이 많아집니다. 그래서 요즘은 뇌과학, 진화론, 진화심리학, 진화생물학 같은 분야의 책을 많이 읽습니다. 철없던 소싯적에는 도道나 각覺, 영성靈性에 관심이 많아 뭔가 있어 보이는 사람들도 찾아다니고, 그런 사람들이 주관하는 다양한 행사에도 참여하고, 읽는 책들도 그런 부류의 책들이었는데 어느 정도 나이를 먹고 나름 인간과 사물에 대한 이해의 폭이 넓어지면서 그런 생각들의 추상성과 공허함이 눈에 들어오기 시작했습니다. 좀 광오하게 말하면 알고 나니 허망하더라는 이야기입니다. 상상력에 의존한 말의 유희라고나 할까요.

간단하게 말하자면 인간이란 것이 영적이고 이성적이라는 보편적이고 개념적인, 개체 밖의 일반 존재이고 나도 그 중의 하나라는 생각이 사라지고, 나라는 인간이 내 자신의 몸 밖에 있는 것이 아니라 결국은 내 몸과 더불어 있을 수밖에 없는 개별적 존재라는 당연한 사실에 대한 자각이 온 겁니다. 내가 아무리 깊이 생각을 하고 나름 심오한 경지에 들어 깨달음을 얻어 오도송을 읊조리더라도 결국 각자覺者로서 보편자로서 초월자로서 존재하는 것이 아니라 아침에 똥 싸고, 밥 먹고 이쁜 여자 보면 눈이 돌아가는 그런 몸과 더불어 사는 존재인 겁니다.(자칭 성자고 깨달은 자라고 하는 인간 중에 밥 안 먹고, 똥 안 싸고 사는 인간 있으면 나와 보라고 하세요. 없을 겁니다. 저는 한참도 오래 전에 오도송悟道頌을 읊조린 그래서 자타 공히 깨달은 사람이라고 인정해주던 어떤 노인이 이제 늙어서 똥이 잘 안 나와서 변비에 시달려서 괴롭다고 시자에게 짜증을 내는 것을 관찰하며 나름 느낀바가 있었습니다.) 인간의 정신도 그 몸 안에서 빛나는 겁니다.

그 몸을 건강하게 유지하기 위해서는 병에 시달리는 환자가 아닌 한에는 일, 워킹Working을 해야 합니다. 그리고 그

워킹 안에는 반드시 노동Labor이 포함되어야 합니다. 그리고 그 노동 안에는 반드시 스스로 자신의 기본적 생존을 위한 자기 주변 관리를 위한 노동이 포함되어야 합니다. 그래야 한 개별자 인간으로서의 정신의 건강도 유지 될 수 있습니다.

한나 아렌트Hannah Arendt라는 친구는 노동Labor과 일Work을 별개로 구분하면서 인간이나 동물의 생존을 위한 행위를 노동, 동물과 구분되는 인간만의 정신작용을 포함한 인간 고유의 행위를 일, 워크라고 대비해서 생각하는데 저는 그렇게 나누지 않습니다. 저는 워크 안에 노동이 한 부분으로 반드시 포함되어야 한다고 생각합니다. 즉, 인간답게 살아가기 위해서는 생존을 위한 기본적인 행위도 반드시 해야 한다는 입장입니다. 노동이 배제된 일, 워크는 의미가 없는 겁니다. 인간이기 위해서는 생존을 위해 몸을 사용하는 노동이 필수라는 겁니다. 인간이기 위한 워크에 동물로서의 생존에 필요한 몸을 사용하는 레이버가 없으면 인간이 아니라는거죠. 특히 자기자신을 돌보는 기본적인 노동은 반드시 필요합니다. 옛날이야 왕이면 궁녀와 방사를 할 때도 내시가 빤스를 올려주고 내려주고 했는지는 몰라도 요즘은 최소한 구체적 일상에서 자기 관리에 필요한 기본적인 노동은 스스로 해야 인간으로서 자격이 있고 그래야 정신도 건강한 겁니다. 돈이 많아 하녀가 있어서 볼일을 볼 때에도 속옷을 올려주고 내려주는 식의 삶은 이미 인간의 정상적인 건강한 삶이 아닙니다. 그런데 많은 현대인들은 노동 대신 운동을 하는데 생산행위인 노동과 소비행위인 운동은 정신에 미치는 영향이 다릅니다. 노동과 운동은 전혀 별개의 행위입니다.

이 먹고 싸고 좆이 서는 몸에 기반하지 않은 철학의 허망함과 한계를 레비나스Emmanuel Levinas라는 친구는 이렇게 말합니다. 하이데거의 현존(Dasein)이라는 개념에 대해 '현존은 결코 배고프지 않다.'(Dasein is never hungry)라고 일갈하는데요, 저는 그냥 '현존은 좆이 없다' 라고도 표현합니다. 좀 레알하게 표현하는 겁니다. 현실 속에 무수히 존재하는 '결코 배고프지 않은 현존'으로서의 삶을 살아가는 구체적 삶의 현실적 경험이 결여된 고상한 사람들은 결국은 타인의 노동을 착취해서 삶을 이어가는 존재, 기생 동물에 불과한 겁니다. 그런데 사회에서는 그런 현실과 유리된 삶을 살아온 사람들을 고상하다고 더 높이 평가해 주는 웃픈 현상을 보여주기도 합니다.

아무튼 사람과 사람들의 차이라는 것이 사람마다 배움의 정도와 생각의 성실함과 부지런함에 따라 성찰하고 사유하는 깊이는 서로 다를 수밖에 없어서 나오는 결과이지만 그것도 자신에 대한 성찰과 반성, 배움으로 극복을 해야 하는 스스로의 과제입니다.

그런데 일반적으로 사람들은 어떤 보편적 존재로서 인간

이라는 것을 설정해 놓고 위대하다고 하면서 자신도 그중의 하나라고 흐뭇한 마음으로 좋아합니다. 위로를 얻는 거죠. 그런데 그런 보편자로서의 인간은 없는 겁니다. 인간들은 다 개별자입니다.

이 사실을 일깨워주면 그러면 이제 인간들은 불안해합니다. 자신만의 허약한 모습이 드러날까 불안해하면서 독립적인 개체로서 스스로를 바로 보지 못합니다. 무서워합니다. 그래서 인간들은 타자를 통해서 자신을 보려고 합니다. 나 보다 나아 보이는 인간을 부러워하면서 동일시하고, 나보다 못나 보이는 인간을 무시하고 차별하면서 위로를 얻는 겁니다. 서로 서로 그럽니다. 타인의, 타자의 지옥입니다. 내가 내 눈이 아니라 남의 눈으로 나를 바라보고 자신을 규정짓는 겁니다. 그리고 본래의 자신은 소멸되는 겁니다. 뭘 해도 내가 왜 그렇게 행동하는지 주체적으로 생각하고 행동하는 것이 아니라 남이 나를 어떻게 생각할지 먼저 생각하고 자신을 그에 맞추어 행동합니다.

이런 자신을 나보다 나아보이는 인간과 동일시하고 위안을 얻는 심리는 어떤 경우에는 땅 한 평 없는 사람들이 정부에서 토지세를 올린다고 하면 땅이 많은 사람들 보다 먼저 정부를 비판하고 난리치는 난감한 풍경을 연출하기도 합니다. 아파트 세금 올린다고 하면 서울 강남에 큰 아파트 가진 사람들 보다 경기도 끄트머리에 손바닥만한 아파트도 없는 사람들이 더 아우성이잖아요. 해당 사항이 없는 사람들이 더 흥분하고 돈 없는 거지들이 무슨 자본가인양 행세하면서 마음의 위안을 얻는 겁니다. 정작 자본가들은 조용한데.

같은 맥락에서 어떤 여자가 감옥가니까 평생 배운거 없이 몸으로 때우며 살아오던 무지한 아녀자가 그 여자 집 앞에서 '마마 지켜드리지 못해서 황공하옵니다.'라고 하면서 방성대곡하는 조선조 시대의 황당한 풍경이 21세기 서울에서 재현되는 겁니다. 역시 처음에는 용돈 벌려고 깃발 들고 흔들던 노인들도 나중에는 용돈 안줘도 자신의 정체성을 확인하려고 자진해서 습관적으로 깃발 들고 나가는데서 자아를 확인하는, .정신 분열, 자아 상실의 모습이 연출되는 겁니다. 그러면서 그들은 무리지어 평생 처음으로 자신의 아이덴티티를 추상적으로 구축해 보고, 확인해 보는 것인지도 모릅니다. 한 평생을 사고思考라는 행위를 못 해보다가 처음으로 추상적, 형이상학적 경험을 하는 겁니다. 목구멍에 풀칠을 하는데 급급해서 평생 단 한 번도 자기 세계의 주인공인 적이 없었던 노인들이 인생 최후로 마지막 영혼의 안식처, 탈출구를 찾는 겁니다. 노인 연금과 지하철 무임승차에 의존해서 마지막 영혼을 과거의 종속에 순종하는데 불사르면서 정서적으로 안식을 찾고, 자유와 변화에 불안을 느끼면서 젊은 미래세대에 대해 증오하는 감정을 표출하는 겁니다. 더불어 이제 늙어서 아무도 인정해 주지 않을 나이에 그나마 존재감을 확인하고 인정받고자하는 욕구를 분출, 아니 배설해 보고자 거리를 무리지어 배회하는 겁니다. 불행하고 불쌍한 일입니다. 노인국가 대한민국의 우울한 그림자입니다. 지금은 코로나로 인해 모이지 못해서 그런 욕구를 어떻게 해소하는지 모르겠지만.

아무튼 인간이라는 일반 개념은 그냥 생물학적으로 종을 분류하는 하나의 명칭, 수단에 불과한 겁니다. 당신이 생각하는 인간이라는 위대한 일반개념은 상상 속의 건축물에 불과한 겁니다. 유엔인권선언의 인간의 권리라는 것도 다른 생물 종과는 DNA 구조가 차이가 나는 인간이라는 생물종이 공통적으로 가져야할 권리를 말하는 거지 인간이라는 보편적 개체가 있어서 그것이 특별하게 위대해서 그런게 아닙니다.

종교나 사상 모두 평범한 사람들에게 희망을 주어야 지속성이 있습니다. 그래서 이렇게 말합니다. 믿어라, 믿는 족족 천국에 가서 영원히 잘 먹고 잘 살거다. 너무 노골적이죠. 그러면 이렇게도 말합니다. 누구나 불성이 있단다. 그래서 너도 부처가 될 수 있는 거야.(개유불성皆有佛性) 조금 부드럽죠. 문화 풍토가 달라서 생긴 표현의 차이입니다.

지금 저처럼 너는 너야. 니가 생각하는 만큼 너인거고, 너는 DNA의 조합물인데 니가 변화하는 주위 환경 속에서 상호작용을 하면서 어떤 선택을 하는지에 따라 미래의 니가 정해지는 거야. 그러니까 남 처다 보지 말고 니가 너를 처다 보고 살아. 이렇게 강퍅하고 드라이하게 말하면 다들 싫어합니다. 종교는 위안을 주어야합니다. 저처럼 말하면 사람들 다 도망갑니다. 그래서 저는 종교 지도자가 될 수 없습니다. 스스로 알아서 선택하라거나 너는 개별자야. 혼자 사는 거야. 이러면 다들 무서워하고 얼른 도망가서 아멘 할렐루야, 아니면 나무관세음보살을 합창합니다. 자기 노래를, 독창을 못하는 겁니다. 우리 모두 변화하는 환경 속에서의 자기 선택권을 포기한 결정장애자인 겁니다.

아무튼 그래서 개별적 사물에 대한 잡다한 지식에 대해서는 분야가 워낙 다양하니 다 섭렵을 할 수 없지만 각주가 없는 책들이야 문학 작품을 제외하고는 사실 얼마 되지 않은지라 이런 책들을 다 보고 나름 생각을 정리해 본 이후에는 결국 인간이란 '생물' 자체에 관심을 가지게 되었습니다.

인간이란 생물은 범주상 동물에 속하는데 이 동물이 지구상에 다른 동식물과 더불어 서식(서식이라는 의미에는 먹고 싸는 대사 활동뿐 아니라 암수컷이 서로 생식 작용을 통해서 새끼를 치고 기르는 생식행위를 한다는 것이 포함되고, 물론 요즘처럼 한 숫컷이 한 암컷과 규칙적으로 교미를 하며 같이 산다는 의미가 아닙니다. 동물 종마다 다 다릅니다.)하기 시작한 것이 대략 200만 년 전이고 그 당시에는 주로 수렵하고 채취해서 생명을 보존할 수밖에 없었던 시기입니다. 지금 우리 인류의 바로 직계 조상인 호모 사피엔스부터 치더라도 4만 년 전부터 다른 동식물과 서로 경쟁적으로 다투어 가며 생존하기 위해 집단을 이루어 서식하기 시작했습니다. 집단을 이루었다는 점에서 지금의 사회라는 의미와는 좀 뉴앙스가 다르겠습니다마는 그래도 사회화 현상을 보였다고 할 수 있습니다.

그리고 불과 1만 5천 년 전에 한군데 땅에 정착해서 식물을 가꾸어서 식량으로 먹으며 살기 시작했습니다. 농경의 특성상 한군데 모여서 집단적으로 더불어 살 수밖에 없다는 차원에서 어떤 경향성, 집단적 특성, 본격적인 문화가 만들어졌다고 볼 수 있겠습니다.

동일한 DNA를 가진 인간이라는 생물이 생겨나서 어떤 집단적 문화를 이루기까지는 무려 190만년도 더 걸린겁니다. 참 더럽게도 오래 걸렸습니다. 그럼 이 190만년 동안은 어떻게 살아왔을까요. 다른 동물들과 마찬가지로 외부 환경 자극에 몸이 먼저 반응하는 본능적 생활을 해 왔던 것으로 보입니다. 지금까지 인간이라는 동물 개체수가 줄거나 멸종하지 않고 계속 이어져 온 것으로 보아 다른 동물과 마찬가지로 개별 개체가 존속하려는 본능(나 살고)이 가장 우선하고 그 다음에는 새끼를 쳐서 종자를 번식하려는 본능(나를 카피해서 시간적으로 지속, 확대하고-家, 가계, 가문, 족보가 여기서 나오는 겁니다. 지금은 이런 연결성이 아주 희박해 지고 있습니다. 동양의 유교정치 체제는 이런 家의 확대 개념입니다.)이 강했을 겁니다. 안 그랬으면 그동안 지구상에서 멸종한 다른 동물들처럼 사라졌겠지요. 하루 해 뜨면 우선 나 먹을 것 찾아 배 채우고 그 다음에는 새끼 만들고 이런 생활이 무려 190만 년을 이어 온 겁니다.

인간이 개체를 유지하기 위해 따로 의식을 하지 않아도 폐가 숨을 쉬고, 심장이 피를 돌리고, 위가 대사 활동을 하는 것처럼 종족 보전을 위해 '여건만 주어지면' 바로 생식기가 작동을 했을 겁니다.(인간이 자가 생식을 하지 않는 이상, 숨은 혼자서 쉴 수 있지만 생식은 상대방, 암수컷이 있어야 합니다. 그래서 '여건이 주어지면' 이라는 표현을 한 겁니다. 여기서는 논의의 편의상 요즘과 같이 암수의 생식기능에 대한 다양한 역할 분담 논의는 논외로 합니다. 생식에 있어서 암수의 기능적 차이에 따른 사회적 논의는 별개의 문제입니다.)

인간종이 번성했다는 점에서 새끼 치는 본능은 다른 동물과 마찬가지로 '여건만 주어지면' 바로 작동하는 그런 순발력을 가졌을 겁니다. 요즘 집에서 반려동물로 기르는 개를 새끼 내려고 동물 병원에 데리고 가서 새끼 만드는 과정을 연상하면 될 겁니다. 배란이 된 암캐를 데리고 가면 그 호르몬 냄새를 맡고 바로 숫캐가 즉각 반응하는 그런 과정입니다. 개는 인간과 달리 집단생활도 못하고 거기에 따른 행동 규칙, 문화가 없으니까요. 우리 인간도 그런 과정을 그렇게 오래 지속해 온 겁니다. 자극이 주어지면 바로 반응하도록

DNA에 각인되어 있을 겁니다. 190만 년 동안 생존, 번식해 오면서.

그런데 소위 근래에 들어 문화라는 것이 형성되면서 우리 인간이라는 동물의 본능이 다양한 방법으로 통제, 관리되기 시작합니다. 집단적으로 생활을 시작하면서 먹을 것이 생기면 우선 집단을 지속하기 위해서 새끼부터 먹이고 새끼를 키우고 있는 암컷을 먹이고 하는 식으로, 각 무리들의 환경과 여건에 따라 우선순위는 달라지겠지만 나름 고유의 집단적 생존 룰이 생기면서 개체 고유의 본능은 통제됩니다. 비행기가 바다에 추락하고 보트는 하나만 있을 경우 누구부터 태우는가는 재난 영화의 단골 소재입니다.

이런 규칙들이 만들어지고 인간의 삶에 적용되기 시작한 것은 이제 겨우, 불과 1만년도 안되었습니다. 이런 삶의 룰, 규칙을 여러 지역에서 각 지역적 특성과 조건에 맞추어서 구체적으로 구현해 낸 공자, 석가, 예수가 등장한 것이 이제 불과 2500년 전입니다.

이제 그동안 190만 년 동안 해오던 것처럼 동물 병원 수캐같이 호르몬 냄새를 맡고 바로 반응하면 큰일 나는 겁니다. 잘못하면 단일 개체의 존속에 문제가 생기기도 합니다. 우두머리 수컷 '소유'의 암컷이 호르몬 냄새를 풍긴다고 바로 반응하면 즉사입니다. 그런데 이 DNA에 각인된 본능이 하도 오래된 고질병(물경 190만 년이나 된)이고 자의식과 무관하게 즉각적인 반응을 유도할 정도로 강해서 종족보존 본능에 충실하다 맞아 죽은 것들이 역사 이래 무수합니다.

문화와 본능이 서로 충돌하는 겁니다. 진화론적 인간과 사회적 인간의 충돌, 생물학적 진화와 사회적 진화의 상충. 어떻게 표현해도 좋습니다. 이 이야기를 하기 위해 한참 돌아 왔습니다. 미리 욕 먹을까봐 이야기하지만 지금은 본능보다 문화의 통제가 우선시 되는 사회입니다. 사회가 완전히 해체되지 않는 한, 원시사회로 돌아가지 않는 한, 개체가 생존을 잘하기 위해서는 본능을 효과적으로 잘 관리해야 합니다. 이 본능을 제대로 관리하지 못하고, 문화의 흐름에 역류하고, 본능에 충실하려고 껄떡대다 인생 종친 멍청이들의 이야기가 요즘 수시로 뉴스의 한 부분을 차지합니다.

지금 이 이야기를 하는 것은 얼마 전 어느 무지한 학자가 요즘 유행하는 미투, 페미니즘이 어쩌구 하면서 남성 우위의 문화와 성 평등 문화의 갈등이 어쩌고 하면서 문화지체, 갈등 어쩌구 하는 헛소리를 듣고 좀 한심해서 하는 소리입니다.

진화는 더디게 변합니다. 상대적으로 문화는 변화하는 속도가 빠릅니다. 문화가 장기적으로 어떤 경향성을 가지고 아주아주 오래 반복되면 아마 진화의 한 요소가 될 수도 있을 겁니다. 그러기 위해서는 만년 단위의 시간이 필요할 겁니다. 진화 이야기를 하면 만 년 단위로 논의가 전개되지만 문화로 이야기가 넘어가면 일 년도 깁니다. 그래도 길게 보면 넓은 의미의 문화도 어떤 경향성이 있어서 꾸준한 방향성이 있지도 않을까 생각해 봅니다. 그래서 오래오래 축적되면 진화에 영향을 미치지 않을까 유추해 봅니다.

극히 짧은 시기에 불과하지만 근 이백 년 동안 인류는 그래도 암수의 종속적 기능 분담에서 평등적 기능분담이라는 문화적 경향성을 띄고 발전해 가는 것 같습니다. 아직까지는 역행하려는 조짐은 보이지 않습니다. 그리고 현재로 보면 이는 사회발전을 위해 나름 상당히 타당한 경향 같습니다. 그런데 이 경향성이 계속 이어지고 고착화되기 위해서는 넘어야 할 산이 많습니다. 문화야 인위적으로 조작도 가능하고 변화의 속도도 조정이 가능하지만 진화의 요소는 이게 인위적으로 조정하기가 상당히 어렵습니다.

그래도 지금처럼 젠더 평등문화가 진일보 할 수 있었던 것은 과학의 힘이었습니다. 과학의 힘으로 인간의 생식과 생식행위의 역할 분리가 가능해진데 따른 겁니다. 포춘과 AFP 통신 선정 20세기 최고의 발명품 121가지 중에서 피임약이 당당히 1위를 차지했습니다. 원자폭탄이나 우주왕복선 따위를 간단히 개무시해 버린 겁니다. 이를 추천한 옥스퍼드의 블랙모어는 먹는 피임약이 전통적 가족구조의 해체와 여성의 지위 향상에 결정적으로 기여했다고 단정합니다. 제가 봐도 지극히 타당한 평가입니다.

이는 진화와 문화의 갈등, 투쟁에서 문화가 과학의 힘을 빌어 승리한 역사적 사례라고 볼 수 있습니다. 인간이, 인간의 문화와 과학이 자의적으로 지금까지 동일한 것으로 여겨지던 진화의 생식과 생식행위의 연결고리를 단절, 잘라버린 겁니다. 생식의 억압에서 해방된 겁니다. 간단히 말하면 임신의 공포에서 벗어나 언제나 어느 때나 마구마구 할 수 있게 된 겁니다. 위대한 피임약 만세.

인간의 발생사적으로 보면 정말 얼마 안 된 최최최근의 사건입니다. 1956년 발명되서 1960년 비로소 미국의 시얼사에서 에노비드가 시판된 것이 최초의 공식 피임약 등장입니다. 불과 60년 전의, 진화의 관점에서 보자면 1초 전의 이야기입니다.

한번 생각해 봅시다. 인간의 사회, 경제, 문화적 필요와 성향에 의해 생식과 생식 행위를 분리할 필요가 생겨서 이런 경향이 장기적으로 문화로 고착되고 아주아주 아주 오랜 시간이 지나 인간 DNA에 새겨져서 진화의 요소로 자리 잡아서 여성들이 임의로 생체주기를 조절할 수 있다고 치면, 정말 완벽하고 이상적인 생식의 통제, 관리가 되기는 하겠습니다마는, 과연 몇 만 년이 걸렸을까요. 과학의 힘이 이래서 무서운 겁니다.

요즘 유행하는 페미니즘이 더 큰 영향력을 행사하려면 광장에 모여 허망한 구호를 외치는 것 보다 과학 기술의 개발에 더 힘쓰는 것이 효과적일 겁니다. 과학의 힘을 빌어 생식 행위가 생식의 불안으로부터 벗어 날수 있었던 것처럼 앞으로 임신과 열달 동안의 생육의 부담이 과학의 힘을 빌어 해결된다면 여성으로서는 지금 보다 훨씬 더 발전한 엄청난 성취를 이룰 수 있을 겁니다. 피임약이 처음 등장했을 때 인간들은 드디어 조물주만의 고유의 영역을 건드렸다고 큰일이나 날것처럼 난리를 쳤습니다. 그러나 지금은 성인 여성 중에 피임약을 한 번도 복용해 보지 않은 여성이 거의 없을 정도로 보편적이고 흔한 감기약 수준의 상비약이 되었습니다. 조물주도 건방진 인간들이 자신의 영역을 침범했다고 인간들에게 무슨 재앙을 가하는 보복행위를 했다는 뉴스도 아직 못들었습니다.

이제는 사후 피임약인 '미프진' 정도는 자판기를 통해 판매를 해도 됩니다. 도대체 WHO에서 조차도 안전하다고 권하고 60개국이 넘는 의료 선진국에서 손쉽게 구해서 사용하는, 부작용도 아스피린 수준에 불과한 약을 도입조차 못하게 하는 사회는 잘못돼도 크게 잘못된 사회입니다. 성에 자유롭게 접근 할 수 있는 권리에 대한 허용 여부가 권력으로 존재하는 사회는 후진된 사회입니다. 이런 측면으로 보면 우리나라는 아직 원시 미개사회입니다. 청소년 성교육이 '임신 공포의 강조를 통한 생식행위의 억제'에 초점이 맞추어져 있으니까요. 이는 보수, 진보를 넘어 여성평등을 지나 여성우위를 주장하는 여권 운동가, 페미니스트들도 예외가 아닙니다. 모순이지요. 이런 것이 극복되지 않으면 그 집단의 인간 개체 수가 줄어드는 것이 당연합니다. 현재 우리나라 인구증가율을 다시 높이기 위해서도 이런 요인들이 개선되어야합니다.

말로는 페미니즘을 부르짖으면서 행동은 여성의 해방과는 역행하는 모습을 보이고 있는 겁니다. '늙은 우리들이 그런 자유를 누리지 못했는데 젊은 너희들이라고 그런 자유를 누릴 수 있느냐'는 성을 기득권과 기성세대의 권력의 하나로 생각하는 그런 모습입니다. 그러면서 정작 성교육은 등한시해서 생식 행위의 부작용과 부산물로 임신을 한 여고생이 학교 화장실에서 출산을 하는 아프리카에서도 볼 수 없는 진풍경이 연출되는 것이 21세기 대한민국입니다.

정상적인 발육 상태에서의 성욕구의 발현은 생물체로서 인간의 자연스러운 현상입니다. 부작용을 예방하는 교육이 중요하지 일탈행위로 규정해서 단속하는 것이 중요한 것이 아닙니다. 저는 인간의 생식과 생식행위의 분리 정도에 따라 그 사회의 선진화 정도를 짐작할 수 있다고 봅니다. 이런 면에서 보더라도 북유럽 노르딕 국가들은 선진국이라고 할 수 있습니다.

진화와 문화의 갈등, 생물학적, 진화론적 인간과 사회적 인간의 갈등, 생물학적 진화와 사회적 진화의 상충과 갭, 다양하게 표현할 수 있는 우리 사회의 문제가 단순하게 문화의 지체현상이나 비동시적인 것의 동시적 혼재에서 오는게 아니라 진화와 문화의 갈등과 충돌에서 온다는 이야기를 하다 보니 이야기가 길어졌습니다.

진화와 문화의 갈등에 대해 알아 보다.

탈공산방에서

7강

신神을 보는 관점

진화와 문화의 갈등에 대해 더 이야기하려다, 인터넷 뒤지다 갑자기 눈에 들어오는 기사가 있어서 새치기해서 한 강의합니다. 오늘은 먼저 동양고전 한 구절 공부하시겠습니다. 드디어 논어, 성경, 불경에 이어 도덕경이 나옵니다.

노자老子가 지었다는 도덕경 25장 끄트머리에 이런 문장이 나옵니다.

人法地 인법지
地法天 지법천
天法道 천법도
道法自然 도법자연

구체적인 뜻풀이는 조금 있다가 하기로 하고요.

그 다음은 처음에 말씀드린 인터넷 뒤지다가 보게 된 신문기사 이야기입니다.

중앙일보 2019년 1월 8일자에 보면 신년특집으로 이 어령 선생 인터뷰를 한 기사가 있습니다. 오늘 강의하고자 하는 위에서 말한 도덕경 25장에 해당되는 부분만 간추려 볼게요.

(전략)

기자:생각하시는 비전이 뭔가.

이어령:우선 비전의 바탕, 내 삶을 그리는 바탕을 말하고 싶다. 먼저 人法地 인법지다 인간은 땅을 따라야 한다. 땅이 없으면 인간은 존재 할 수 없다. 우리가 어디에 사나. 지구에 살지 않나. 다음은 地法天 지법천이다. 땅은 하늘을 따라야 한다. 땅에 하늘이 없으면 못 산다. 해도 있고 달도 있고 별자리도 있으

니까. 그럼 그게 전부냐. 아니다. 天法道 천법도. 하늘은 도를 따라야 한다. 다시 말해 우주의 질서를 따라야 한다. 그럼 도가 끝인가. 아니다. 道法自然 도법자연. 도는 자연을 따라야 한다.

기자: 마지막 자연이란.

이어령;우리는 그동안 인법지 할 때 지가 자연이라고 생각해 왔다. 그게 아니다. 자연은 스스로 된 것이다. 자연스러움, 이 세상에 스스로 된게 있나. 의존하지 않은게 있나. 의지하는 뭔가가 없다면 그 자신도 없어진다. 그러니 절대가 아니다.

기자:그럼 스스로 된 것은 뭔가.

이어령:누군가 예수님에게 물었다. 당신은 신의 아들인가. 그러자 예수는 예스 에고 에이미(ego eimi. 그리스어) 즉, 예스 아이 엠(Yes, I am.) 이라고 대답했다. 아이 엠이 뭔가. 나는 나이다. 스스로 있다는 말이다. 그건 무엇에 의지해서 무엇이 있기 때문에 있는 것이 아니라 그냥 있는 거다. 스스로 있는 것은 외부의 변수에 영향을 받지 않는다. 그게 자연이다. 그게 신이다.

기자:예수를 믿는다는 건 무얼 뜻하나.

이어령:우리는 너 예수교 믿어 하고 묻는다. 그건 교(종교)를 믿느냐고 묻는거다. 너 신을 믿어하는 물음과는 다른 이야기이

다. 교를 믿는 것과 신을 믿는 것은 다르다. 기독교든 불교든 도교든 모든 종교의 궁극에는 저절로 굴러가는 바퀴와도 같은게 있다. 스스로 움직이는 절대의 존재다. 인간은 단 1초도 무엇에 의존하지 않고 자신의 힘으로 존재할 수 없다. (후략)

앞으로의 논의의 정확성을 기하기 위해 좀 길더라도 있는 그대로 인용했습니다.

간단히 말하면 이 어령 선생은 지금 인간은 땅을 따르고, 땅은 하늘을 따르고, 하늘은 도를 따라야 한다. 그리고 도는 자연을 따라야 한다. 이 자연이 스스로 그냥 있는 것이고 그게 예수고, 신이라고 말씀하십니다. 제가 한 줄로 요약한 것이 원래 기사의 주장과 일치하지요. 이의 없을 겁니다.

다시 도덕경으로 돌아가서 봅시다.

이 선생은 위 노자 도덕경 25장의 마지막 문장을 논리 구조상 인-지-천-도-자연(예수, 신) 이렇게 연결지었습니다. 전부다 명사입니다.

저는 우선 단도직입적으로 이렇게 묻고 싶습니다. 그러면 자연(신) 다음에 뭐가 있나요? 그러면 이 선생님께서 짜증을 내시며 이렇게 대답하실 것 같습니다. 자연이 끝이라니까. 지금 내말 듣고 있는 거야?

자, 그러면 이런 대화를 한번 상상해 봅시다.

어린이: 사람 위에 뭐 있어요.(인법지人法地에 대한 해석
이 아닙니다. 단지 문장의 논리 구조를 보기 위한 것입니다.)
나: 땅.
어린이: 땅 위에는요?
나: 하늘.
어린이:그럼 하늘 위에는요?
나:도道.(니가 이 말 뜻을 알는지는 모르지만, 아무튼 도)
어린이:그럼 도道 위에는요?(도가 뭔지는 잘 모르지만, 아
무튼)
나:더 이상 없어. 도道는 그게 다야. 도가 끝이야. 도는
스스로 그러한 그런거야.

차이를 아시겠나요? 저는 인-지-천-도까지를 명사로 새겼
습니다. 자연을 도를 서술하는 서술어의 의미로 새겼습니다.
그래야 도덕경 25장 말미의 저 4구가 하나의 완결된 의미를
가지는 한 문장의 완성된 글줄이 된다고 저는 생각합니다.

마지막 자연을 서술어의 구실로 새긴 겁니다.

自然-스스로 그러하다. 스스로 온전하다.

道法自然-도는 스스로 그러하다.

도道는 자연自然(명사)을 따른다가 아니라.

다시 말하면,

人法地 인법지 地法天 지법천 天法道 천법도 道法自然 도
법자연. 즉 이 4구절, 한 문장의 논의의 결론이 도이지 자연
이 될 수 없다는 겁니다. 도가 최상위개념인 겁니다. 인, 지,
천, 도로 논의가 전개되어 도가 끝이다로 마무리 되는 것이
지, 인, 지, 천, 도, 자연으로 논의가 전개되는 것이 아니라는
겁니다. 그러기 위해서는 자연은 또 뭐를 따른다, 어떻다.라
는 자연 다음의 개념이 다시 나와야합니다. 논리 구조상. 한
자가 똑같이 써있다고 똑같은 의미가 아닙니다. 한문은.

이 차이는 아주 큰 겁니다. 물론 일반인들이야 이 소리나
저 소리나 다 귀신 씨나락 까먹는 소리겠지만. 시중에 나와
있는 노자 도덕경이 거반 다 이 선생 같이 풀이해 놓고 잘했
다고 좋다고 그럽니다. 또 어떤 것은 자신이 없었는지 두리
뭉실하게 구렁이 담 넘어가듯 풀이해 놓은 것도 있더군요.

도덕경입니다. 도덕경은 도와 덕에 대해 어느 노친네(노
자)가 이야기한 서물입니다. 도와 덕을 최상위 개념으로 놓고
논의를 전개한 서물입니다. 자연에 대해서 서술한 자연경이

아니라. 견강부회로 여기에 신을 대입하려면 차라리 도에 신을 대입해야지, 자연에 신을 대입하면 안 된다는 말입니다.

여기서 말하는 자연은 우리가 요즘 사용하는 자연이라는 명사, 단어와는 다른 겁니다. 요즘 우리가 일반적으로 사용하는 자연이라는 단어는 서양말의 '네이쳐 Nature'를 일본사람들이 한자로 번역하면서 만든 근대의 조어造語입니다. 노자 도덕경 시절에는 지금 우리가 사용하는 자연nature의 개념을 포괄하는 의미로 천지天地, 물物이라는 단어를 주로 사용했습니다. 저는 배움이 얕고 가방끈이 짧아 불행하게도 저 시대 문헌에서 아직까지 자연을 이 선생처럼 저렇게 명사로 사용한 용례를 찾아보지 못했습니다. 누가 예시를 좀 알려주세요.

사회의 원로이신 이 선생을 폄훼하려는 것이 아닙니다. 잘못을 바로 잡자는 거지요. 사실 이 선생뿐만 아니라 일제강점기 교육을 받기 시작한 그 나이 어간의 노인들은 다 저렇게 새깁니다. 우리나라에 협동조합을 처음 도입한 장 모 선생도 후학인 목사와의 대담을 통해 만든 노자 해설서에서도 똑같은 풀이를 하고 있습니다. 이는 특히 동양학에 관심이 조금이라도 있는 개신교 종사자들이 더 심한데 동양 고전에 나오는 가장 좋은 것, 최종적인 것, 궁극적인 것은 다 하나님이래요. 그러다 보니 한문을 저렇게 새겨서 자연을 최종 개념으로 오해하고 이 선생처럼 자연이 하나님이라고까지 말하는 경우가 생기는 겁니다. 이럴 때는 꼭 초등학생들 같애요. 좋은 것은 다 자기꺼라고 우기는. 유딩들이나 초딩들이 주로 그러잖아요. 서당교육을 잘못 받은 탓도 있는데요. 서당교육이 주로 책의 전체적인 맥락을 무시하고 그냥 문장 구절만 달달 외우게 하잖아요. 하기는 당시 논어라든가 노자 같은 서물을 전체적인 맥락을 잡아 강의할만한 서당 훈장이 어디 흔했겠습니까. 더구나 논어 같은 서물은 잘못 해석하면 바로 사문난적이라고 추방당하는데. 그냥 공자님 말씀은 무조건 다 옳은 말씀이니 토 달지 말고 달달 외워라. 그렇게 문장이나 외우게 하고 '열심히 외우다 보면 알아서 뜻이 통하느니라.' 하는 것이 서당 교육이었으니까요.

위의 구절도 인, 지, 천, 도, 자연 하는 식으로 전부 명사로 아주 오해하기 좋게 되어 있습니다. 그래서 마지막 자연을 최종 목적 개념으로 생각하기 쉽습니다. 그런데 노자가 자연경을 서술한게 아니라 도덕경을 서술한 거잖아요. 노자 5천여자가 전부 도와 덕을 중심으로 이야기하고 있는데 자연을 최종 개념이라고 우기면 좀 그렇치 않습니까. 상식적으로도. 한문은 글자가 똑같이 씌어 있어도 해석은 전체 문맥에 맞게 해야 합니다. 도덕경에 나오는 자연은 스스로 자自 그럴 연然 스스로 그러하다, 스스로 그러하다는 뜻입니다. '도는 스스로 그러하다.'가 바른 풀이입니다. 도가 또 다른 개념인 자연에 종속되어 있는 것이 아닌. 도의 근거는 어디서 의탁해서 나오는 것이 아니라, '스스로 그러한 것이다.'라는 의미입니다.

관성적 지식이라는 것이 아주 위험한 겁니다. 지성인이라는 사람들도 이미 알고 있는 지식에 대해서도 나이가 먹을수록 성찰적으로 접근하는 것이 아니라 본인이 알고 있는 것이 당연한, 영원불멸한 진리라고 생각하고 쉽게 이야기합니다. 대중은 말 할 것도 없구요. 지명도가 높은 유명한 사람이 전공자도 아니면서 뭐에 대해 뭐라고 한마디 하면 무지한 대중들은 명사, 유명인이라는 지명도만 믿고 그 사람 말을 사실로, 더 나아가 진실로, 진리로까지 생각합니다. 대중들은 사실 그렇게 편향성을 가지고 있고 무지합니다. 교육이 그래서 중요한 것이고 지식인, 지성인이 바로 알고 바른 소리를 하는 것이 그래서 중요한 겁니다. 아무튼 누구의 주장이 더 타당한가 하는 판단은 이글을 읽는 여러분들이 하십시오.

저는 도덕경 25장의 자연에 서양의 예수, 신 개념을 찍어다 붙이는 신관을 보고 또 조금 난감한 생각이 들었습니다. 그러면서 요즘 교회에 나가며 하나님을 믿는 사람들은 도대체 어떤 하나님을 믿는지, 신관이 궁금해졌습니다. 기독교의 신이 어떤 신인지 우리는 어떻게 알 수 있을까요. 유일신 여호와 하나님의 정체는 어디서 알 수 있을까요. 당연히 기독교 성경입니다. 우리는 하나님을 알기 위해 논어, 맹자, 불경을 들쳐보지 않습니다. 대신 신구약 성경을 펼쳐놓고 하나님이 누구지 하고 읽어봅니다. 그나마 부지런한 신도들만.

제가 비록 요한복음을 나름 해설해 보기는 했습니다만 그래도 더 정확성을 기하기 위해, 사실은 좀 귀찮기도 해서, 이번에는 예수 팔아 호의호식하는 아멘 할렐루야하는 사업가 말고 그래도 대학에서 평생을 하나님 연구만 한 친구한테 전화를 해서 상담을 했습니다. 그래서 이런 이야기를 들려주며 박사님께오서는 이 어령 선생님의 신관에 대해 어떻게 생각하시는지, 과연 우리는 여호와 하나님을 어떻게 이해해야 바르게 이해하는 건지, 이 선생처럼 신과 교를 분리해서 믿어도 되는지, 그럼 또, 불교와 도교 기독교의 궁극에 있는 절대자는 서로 무엇이 다른지, 같은지. 같다면 기독교와 도교, 불교가 왜 다른지 이 선생처럼 같은 차원으로 놓고 볼 수 있는지 진지하게 진지충이 돼서 물어봤습니다.

제가 워낙 진지충이 돼서 물어 봐서 그런지 나름 한참 설명을 했는데 대충 요지는 그분은 그분 나름대로 신을 그렇게 이해 할 수도 있다. 그러나 나는 그렇게 이해하지는 않는다. 형님도 잘 아시다시피 신에 대한 이해는 신학자마다, 시대마다 다 다를 수 있는데 해석학이 어쩌고 서양의 신학자 누구, 누구는 어떻고 그리고 우리나라의 신학자로서 장공이 보는 하나님의 이해는 어떻고 또, 신천옹 함석헌 선생의 하나님관은 이런데, 서남동은 그래서 그게 이렇고 저렇고 그래서 결국은 하면서 서양 신학자 여러 명과 우리나라 신학자 몇 명에 대해 이야기가 한없이 길어질 것 같아서 잠깐, 스톱. 그런데 그럼 기독교가 유일신교가 맞는가 하고 묻자 그럼요, 다 같은 하나님이죠. 하는 답이 돌아오고 나는 그렇구나 하나님이 참 다양하게 현신하시는구나 여호와께서 조선까지 와서 참 고생하시네, 결국은 믿는 놈마다 다 다른 잡신이로구나하고 전화를 끊었습니다.

기독교의 유일신 개념에 대해서도 한마디 안할 수 없는 것이 유일신이라는 개념은 '나는 내가 믿는 신을 유일하다고 신앙합니다.'라는 개념이지 '우주 천지에 내가 믿는 신만이 독존獨存한다.'는 개념이 아닙니다. 이 둘은 전혀 다른 이야기입니다. 제가 구약학을 전공한 전공자가 아니라서 단언하지는 못하지만 초기 기독교의 유일신 개념도 '여러 신중에 여호와 한 신만 믿어라.' 라는 것이지 '여호와가 천지간에 단 하나 있는 신이다.'라는 것은 아니라고 알고 있습니다. 그냥 믿는 사람들만 '나는 여호와를 유일하게 신앙합니다.' 그러면 많은 문제가 해결됩니다. 우리나라 개신교의 오래된 폐단인 독선과 분열도 없어지고요. 우리나라 개신교가 처음 수입될 때 아주 독선적이고 교조적인, 지적 수준이 낮은 교파가 미국에서 수입되어서 지금까지 그런 안 좋은 풍조가 기승을 부리는데요, 믿는 사람들은 그냥 조용하게 '나는 여호와를 유일하게 믿습니다.'하면 됩니다. 누가 여호와를 유일하게 믿는

사람들한테 억지로 여러 신을 믿으라고 강요하는 사람도 없
잖아요. 그러면 종교 간의 갈등도 많이 사라집니다. 사회에서
지탄도 덜 받을 거구요.

조금이라도 배운 사람들부터 관성적으로 알고 있는 상투
적 지식에 대해 비판적 사고를 하는 것이 중요합니다. 지성
인, 지식인이 대중을 이끌고 사회를 이끄는 겁니다. 저 같은
시정잡배야 무슨 말을 해도 영향력이 없어서 상관없지만 석
학일수록 알고 있다고 생각하는 당연한 사실도 항상 성찰적
자세로 비판적으로 사고하고 말씀하셔야 합니다.

적절한 비유가 될지 모르겠습니다만, 공자님께서 어디서
예식을 주관하시게 되었습니다. 그런데 의례를 행하실 때마
다 일일이 주위에 물어 가시면서 예식을 진행하시는 겁니다.
그걸 보고 다른 사람들이 '아니 공자는 예禮에 정통하다더니
어떻게 시시콜콜 주위에 일일이 물어가면서 예식을 진행하는
가. 저거 사이비 아닌가.'하고 비난했습니다. 그러자 공자님
께서 '야, 이 시불놈아, 알아도 이렇게 일일이 확인해 가면서
진행하는 것이 예禮에 맞는 행동이란다. 알았냐.'라고 말씀하
시었답니다.

엄밀하지 못한 단편적인 지식이 매스컴을 타고 전파되면
서 무지한 대중을 홀리는 것을 경계하며...

탈공산방에서

8강

동양고전 읽기 1/예禮와 정명正名

저는 동양 사람이라서 그런지 동양 고전이 좋습니다. 처음 공부는 서양식 사회과학으로 시작했으나 그것도 중도에 작파하고, 논문이라고 몇 편 흉내를 냈는데 그나마도 소재를 동양 고전을 택했습니다. 동양 고전을 바로 보려면 아무래도 한자와 한문 공부를 조금이라도 해야 합니다. 그러나 저의 한문 실력이라는 것이 따로 스승을 놓고 공부한 것이 아니라 얼치기에 불과합니다.

그런데 사승師承에 매이지 않고 혼자 공부를 하다 보니 유리한 점도 있는데 기존의 고전에 대한 해설을 누구 눈치를 볼 것 없이 마음대로 할 수 있다는 겁니다. 동양 고전 특히 유교 문서는 중국은 물론 우리나라에서도 오랜 기간 정치 이데올로기로 고착되어, 읽는 이의 자유로운 해석이 거의 불가능할 정도입니다. 오죽하면 공자의 말씀도 아니고 공자, 맹자 말씀을 해석한 주석서 쪼가리에 불과한 주희의 사서집주에 대해서도 이의를 제기하면 바로 사문난적이라고 정치적 불이익을 받았겠습니까. 지금 생각하면 황당한 미친 짓이고 웃기는 일이지만 당시 주자한테 시비 거는 사람의 입장에서는 목숨이 왔다 갔다 하는 일이었습니다.

그래서 고전 원전에 대한 해석이 아주 경직되어있는데다, 세상이 바뀌어도 이런 전통이 후학들에게 사승 관계로 계속 이어져 현대의 학인들도 그저 공자는 성인이요, 그러니 무조건 지당하신 말씀이라는 식으로 기껏한다는 일이 어구의 글자 풀이나 하고 공자 말씀이 구절구절 얼마나 전 인류에게 보편타당하게 적용되는 일반화된 원리이고 사람 사는데 지혜를 주는가에 대해 온갖 잡설을 늘어놓고 있는 실정입니다. 거개의 시중에 나와 있는 공자, 맹자책들이 이 범주를 벗어나지 않아요.

즉, 글자 한두 자를 놓고 훈고訓詁하는 것은 잘하는지 몰라도, 서물 전체를 시대적, 사회적, 상황적 맥락에서 파악한

다든가, 과연 어떤 상황에서 저런 서사가 전개 되었을까 하는 포괄적 맥락을 파악하는데는 무능하다고 보면 됩니다. 훈고는 그냥 부지런히 옥편 뒤지면 되지만 맥락을 파악하는 일은 거시적 안목이 필요한 일이거든요.

훈고라는 것은 기존의 주장에, 뼈에 살을 덧붙이는 거지 반론을 전개하는, 즉 뼈대를 재구성해 보는 것이 아닙니다. 그러니 욕 먹을 일이 없는 아주 안전한 학문 방법입니다. 조선조 600년 동안 우리나라의 학자들은 거의 다 그렇게 훈고 하면서 편안하게 살아온 겁니다. 그런데 학문이라는 것이 완성체가 아니고 완전한 이론이라는 것이 없잖습니까. 바로 직계 스승조차도 비판을 해야 학문의 발전이 있는 것인데 정치적인 이유 때문에 학문의 대상인 공자 생각의 무오류성을 전제로 학문을 하다 보니 비판을 못하고 비판을 못하니 발전이 없었던 겁니다. 그러한 비판 정신없이 공부를 해 온 결과 저항력이 없어져서 외래 사상이 들어오자 바로 조선조가 하루 아침에 무너집니다. 이데올로기로서의 관변 학문이라는 것이 얼마나 취약하고 초라한 것인가를 보여주는 실례입니다.

그런데 일본만 하더라도 이런 유교 경전에 대한 비판이 제법 자유로웠습니다. 주희더러 엉터리라고 하면서 주희의 해석을 한 구절씩 뜯어가면서 이건이래서 틀린 소리고 저건 저래서 헛소리고 하면서 비판을 하는 풍토가 있었습니다. 저는 일본이 먼저 개화하고 나름 근대국가 발전의 기틀을 다질 수 있었던 것이 저런 비판 정신에서 나온거라고 생각합니다. 일본 학자들의 이런 저술을 보고 다산茶山이 나름 유교 경전을 재해석해 보려고 노력은 했으나 그게 우리 풍토에서는 한계가 있었습니다. 사문난적이라는 프레임이 무서웠던 겁니다.

사실 우리나라에서 공자 맹자에 관해 책이나 논문, 잡문한 줄이라도 쓴 사람들은 다 주희 망령에 사로 잡혀 있다고 해도 크게 잘못된 말이 아닙니다. 오죽하면 공자와 같은 자자를 붙여서 주자朱子라고 까지 했겠습니까. 물론 주희가 동양의 형이상학을 구축했다는 학문적인 업적도 무시 할 수는 없겠지만 후대의 정치적 목적이 앞서서 주희의 영향력이 그렇게 절대적이 되었을 거라고 봅니다. 주희를 넘어서는 것은 물론이거니와 다르게 해석하는 것도 금기시 되어 있었습니다. 공자는 물론 주희의 주장을 부인하면 국가의 정통성을 부인하는 것이고 따라서 본인은 물론 일족의 목숨도 보전하기 어려웠으니까요. '사문난적'이라는 말이 그렇게 무서운 겁니다. 그렇게 천년을 지속되어 온 겁니다. 그러니 유교적 정치 이념이 폐기된지 백년도 안 지났는데 갑자기 그 사고의 흐름이 일거에 바뀔 수는 없을 겁니다.

아무리 정치 체제가 바뀌고 학문의 자유가 보장된 현대에 와서도 국보법이라는 것이 있어서 국가의 정치 이념에 반대되는 주장을 하게 되면 그것이 비록 학문적 주장일지라도 감옥에 가던 시절이 바로 얼마 전까지였습니다. 우리나라의 지적 풍토가 그렇게 각박합니다. 저도 대학 시절 표지에 영어로 Marx라는 단어가 들어간 책을(지금이야 개나 소나 다 보는 흔해 빠진 교양서적에 불과한 책이지만)들고 다니다가 신촌 시장 어귀에서 이상한 놈들 눈에 뜨여서 혼난 적이 있어 지금도 트라우마로 남아있습니다. 먹물들에게 물리적인 폭력은 정신세계에 트라우마로 남아 한 평생을 갑니다. 자유로운 생각을 못하고 항상 뒤를 돌아보게 만들고 자기 검열이 습관화 됩니다. 무서운 겁니다.

아무튼 그래서 결국 저 같이 기존의 공맹 학인들과 이해관계가 전혀 없는, 학회와도 일면식도 없는 그러나 다른 학문 영역의 시각을 갖고 있는 사람이 논어, 맹자를 보다가 이게 아닌데 하고 이런 글을 쓰는 겁니다. 제가 아무리 천 년 만에 새로운 해석을 하고 신선한 주장을 하더라도 동양철학을 전공해서 강단에서 먹고사는 학자들은 저 같은 강호의 학인들의 주장을 그냥 한마디로 잡설이야, 비전공자의, 그러니까 무시해 버려 하면 간단합니다. 비록 집에 돌아가면서 뒤통수가 좀 간지럽기는 해도 기존의 학설을 고수해서 교양서적 만들어 팔고 연구비 타서 술 먹는데는 전혀 지장이 없습니다. 이게 전공자가 비전공자를 대하는 우리나라 학계의 보편적 자세입니다.

예수나 석가가 자신들의 이야기를 그 당시 현실의 정치 사회체제와 다소 거리를 두고 독자적으로 전개해 나간데 반해 공자는 바로 그 당시의 정치 현실에 대해 직접적으로 영향을 주고받고자 한 탓에 그 주장이 당시의 사회체제인 봉건제도를 전제로 할 수밖에 없다는 점이 서로 다릅니다. 봉건제도는 태생적 계급사회입니다. 그래서 계급사회의 위계질서를 잘 지키는 것이 사회의 안정을 가져 오는 것이고, 공자가 원하는 요순堯舜, 대동大同사회라는 것은 다 이러한 신분적 위계질서의 공고한 확립을 전제로 한 이야기입니다.

어느 봄날 양지바른 카페 어귀에서 친구 기다리며 뭔 책을 보다가 어느 미친놈이 요순 사회가 만민 평등 사회라고 쓴 것을 보고 기가 막혀 그만 입 안 가득 물고 있던 커피를 내뿜는 바람에 옆자리 숙녀의 옷을 버려 개망신을 당한 이후로는 찻집에서 이런 부류의 책은 결단코 보지 않기로 결심했습니다. 어설프고 무지한 공자 추종자들의 폐해입니다.

아무튼 그래서 공자는 봉건사회체제, 신분에 따른 계급사회를 전제로 하고 그 기본적인 틀 안에서 태생과 직분에 따른 외적인 인간의 기본 행동원리, 사회 운용 원리를 예禮라고 하고 그 원칙 안에서 상호 원활하게 지내기 위한 내적인 마음 자세를 인仁이라고 합니다. 예나 인이 뭐 대단한 인간의 내재적 원리, 보편적인 본성이 아닙니다. 그런 구라는 다 후대의 첨가물입니다. 공자는 예를 실현하기 위해서 인간은 인한 마음을 가져야 한다고 했습니다. 당위론입니다. 도덕적 요구입니다. 맹자는 여기서 더 나아가 인간이란 본래 인한 본성을 가지고 있으니 이를 발현만 잘 시키면 된다고 했습니다. 사실론입니다. 이 둘의 차이는 큰겁니다.

간단한 예를 들면 예禮란 이런 겁니다. 계씨季氏라는 권세 있는 귀족이 기분 낸다고 왕족, 즉 궁중에서만 공연해야하는 팔일무八佾舞(8명씩 8줄을 맞추어 춤을 추는 것. 천자만이 즐길 수 있는 것)를 집에서 즐겼는데 공자가 이를 예에 어긋난다고 말합니다. 왕족과 귀족은 즐기는 춤, 노래도 규모가 달라야 하는 것이죠. 평민이야 말할 나위도 없고. 계급에 따라 지켜야 할 사회규범, 룰이 다릅니다. 계급별로 넘지 말아야할 선이 있는 것입니다. 이것을 서로 침범하지 않는 것이 예입니다. 지금이야 일단 말로는 평등 사회이니 각자 취미와 경제적 능력에 따라 카바레에 가서 땐땐땐을 하든 오페라에 가서 부채질을 하던 능력과 취향에 따라 즐기면 되지 않습니까. 개인의 취향과 계급의 취향이 다른 것이 현재와 공자 당시의 차이입니다.

그런데 공자 당시의 이런 생각이 지금도 먹히는 것이 현대는 가지고 있는 자본의 크기에 따라 계급이 나누어지는(과거에는 누구의 씨를 받고 태어났느냐하는 것이 제일 중요했지만, 그러나 요즘은 태어날 때 물고 나오는 숟가락의 성분에 따라 금수저를 물고 나오면 자본 계급이 높아지고, 흙수저를 물고 태어나면 계급이 낮아집니다. 보는 시각에 따라 과거보다는 계급간 이동이 개인의 능력에 따라 쉬워졌다고 볼 수도 있고 더 어려워졌다고도 볼 수도 있습니다.) 탓에 주머니 사정에 따라 노는 물이 달라집니다.

그래서 로또 맞으면 같이 노는 친구가 바뀌고 남녀 파트너가 바뀌는 거지요. 그러니 돈 많은 누구는 룸싸롱가서 발렌타인 21년산 마시면서 영계하고 비비고, 돈 없는 서민은 돼지갈비에 막소주 마시면서 공연히 길바닥에다 가래침이나 뱉는 것이 차라리 현대에는 예에 맞는 행동이 되는 겁니다. 기분 낸다고 돈도 없으면서 룸싸롱가서 카드 긁는 행위는 예에 어긋난 행동입니다. 그러면 바로 다음 달 마누라나 카드회사로부터 제재가 가해지죠. 예에 맞추어 살자. 아니 살 수밖에 없습니다. 과거에는 혈연으로 정해지는 계급 서열, 현재는 자본 중심으로 정해지는 계급 서열.

예에 대해 좀 시니컬하게 비유를 해서 설명을 했습니다. 아무튼 예는 그 사회가 지향하는 가치에 맞는 사회 운영 규범, 원리, 시스템 이렇게 포괄적으로 정의 할 수 있습니다. 그러니까 그 사회가 지향하는 가치, 기준이 무엇인가에 따라 다르게 나타날 수 있는 겁니다. 공자 당시는 봉건 계급사회고 그 기준이 주나라, 요순시대이니 만큼 거기에 맞는 규범, 룰이 있었겠지요.

더 구체적으로 인간들에게 적용해서 말하자면 임금은 임금으로서의 지켜야할 규칙이 있는거고 신하는 신하로서, 아버지는 아버지로서, 자식은 자식답게, 남편은 남편으로서 지켜야할 규칙, 규범, 행동원칙이 있는 겁니다. 이걸 안 지키면 예에 어긋나는 겁니다. 그럼 그 지켜야할 규칙이 어디에 정해져 있느냐구요. 당연히 주나라, 요순시대에는 어떻게 했느냐가 기준입니다. 공자가 거기에 빠삭했다는거 아닙니까.

그런데 문제는 애비가 애비답지 않고 왕이 왕답지 않고 신하가 신하답지 않으면 이게 골치 아파집니다. 공자 당시가 바로 그런 시대입니다. 이름과 본질이 일치하지 않은 부정명不正名의 난세인 겁니다. 그래서 공자가 권력을 잡으면 맨 처음 각자의 이름에 맞추어 계급적 위계질서, 직분을 바로 잡겠다는 정명正名을 하겠다고 한 겁니다. 요즘도 우리 현실 속에서 살아가면서 이런 경우가 얼마나 많습니까. 직장에 다니면서 '저게 무슨 부장이야, 저게 무슨 사장이야.'를 입에 달고 살잖아요. 거의 본능적으로 명과 실이 다른데서 오는 불만을 토로하는 겁니다. 저도 평기자 시절에는 만날 데스크를 향해서 저게 부슨 부장이야 소리를 입에 달고 살았고 또 제가 데스크에 앉아서는 밑에 기자들한테서 그 소리를 만날 듣고 살았습니다.

그래서 이 시점에서 공자의 정명正名사상이 나오는데, 공자는 당시의 사회가 혼란스러운 것이 각 직분을 맡은 인간들의 이름과 실체가 부합하지 않은 데서 원인을 찾았습니다. 간단하게 단도직입적으로 말하면 왕이 왕답지가 않아서 천하가 혼란스러운 겁니다. 요즘도 마찬가지입니다. 본질과 그것을 나타내는 이름과의 괴리가 너무 심하다는 겁니다. 그러니 제발 각자 자신의 이름에 지위에 걸맞게 행동해라 입니다. 그래서 제자가 공자한테 위국의 재상이 되시면 뭐부터 하실 겁니까 하고 물었을 때 '필야정명必也正名'이라. 이름부터 바로 잡겠다고 한 겁니다.

더 논의를 깊이 하면 이름을 짓는다는 행위는 이것과 저것을 구분한다는 이야기이고 구분의 기준은 차이에 있고, 여기서 그치면 좋은데 인간들은 꼭 그 차이를 차별과 배제로 확대하고 그래서 다른 것을 억압하는 메카니즘으로 작동합니다. 명명의 부정적인 측면입니다. 그러나 다른 측면으로 보면 우리가 차이를 강조하며 구분을 짓는, 그래서 이름을, 개념을 규정하는 행위는 학문과 문명 발달의 첫걸음이기도 합니다. 이것과 저것은 구분하는 행위가 없으면 학문, 과학이 성립할 수 없습니다.

물론 맨 처음 이름을 붙였을 때는 이름과 그것이 지칭하는 내용, 본질이 동일했을 겁니다. 그것이 명명이니까요. 그러다가 시간이 지나면서 이름과 처음 규정한 본질, 實實 간에 괴리가 생기는 겁니다. 그것을 부정명이라고 합니다. 부정명은 혼돈을 초래합니다. 공자의 시대는 이런 부정명의 시대, 난세였고 그래서 공자는 이름과 실이 어긋나 있는 것을 맨 처음 바로잡겠다고 선포하는 것입니다.

현대 사회에서도 이 정명正名, 명名과 실實의 일치는 매우 중요합니다. 철학적으로 심각하게 생각할 것 없습니다. 아주 비근한 우리네 삶 속에서의 예를 들면 이런 겁니다. 왜 남녀가 만나 얼마 못살고 헤어집니까. 서로 간에 생각하는 상대방, 남과 여의 명과 실이 일치하지 않아서 그런 겁니다. 남자와 여자가 만나면 궁극적으로 뭐합니까. 배꼽 맞추잖아요. 그래서 여자는 남자(명名)라면 일주일에 몇 번이나 내 배 위에 올라가서 몇 분이나 있다가 내려와야 한다(실實)는 생각이 있을 것입니다. 또 남자는 남자대로 몇 번 올라갔다가 한 번에 몇 분이나 있다가 내려가면 충분할거라는 생각이 있을 겁니다. 그런데 이게 서로 일치하지 않으면 문제가 생기고 서로 못 산다고 헤어지는 겁니다. 이러한 성性의 격차格差에서 오는 이혼이 상당합니다. 서로 상대방 성에 대해 기대하는 명과 실의 불일치(부정명不正名)에서 오는 파탄입니다.

그래서 같이 살기 전에 반드시 서로 상대방(남, 여. 명名)에게 기대하는 실實이 어느 정도인가를 분명히 밝히고 확인하고 같이 살아야합니다. 남자의 명과 실이 일치하는 것만이 중요한게 아닙니다. 여자도 명과 실이 일치해야합니다. 남자는 여자에게 감창과 요본을 기대하는데 여자는 목석木石으로 있으면 그것도 명과 실이 일치하지 않는 정명에 어긋나는 겁니다. 막연히 서로 알아서 열심히 잘해 주겠지 생각하면 얼마 안가 바로 파탄 납니다. 그래서 같이 살기 전에 미리 몇 번이나 할 것이며 몇 분이나 노력하고 버틸 것인지 상호간에 구체적으로 실천해 보고 합의를 해야 오래 동안 불만 없이, 성울혈이 쌓이지 않고 잘 살 수 있는 겁니다. 성교육이 바로 이루어지지 않아서 무작정 붙었다 떨어지는 이혼이 우리 사회에 얼마나 많습니까. 또 그 사이에서 의도하지 않게 태어난 생명들의 올바른 삶은 누가 보장합니까. 한번 태어난 삶은 반품이 안 되지 않습니까.

공자 시대와 달리 현대 민주주의 사회에서의 정명正名의 의미는 이와 같이 상호 이해 당사자 간에 상대방에 대한 명과 실을 서로 합의해서 실천하는데 있습니다. 이 이야기를 하려고 잠깐 재미난 비유를 든 겁니다. 그리고 상호간에 합의했으면 합의한 명에 맞게(정명正名) 실實을 유지 할 수 있도록 서로 노력해야합니다. 횟수나 시간이 부족하면 남자는 술을 좀 덜먹고 여자는 몸보신되는 음식을 거두어 먹이고. 그렇지 않으면 서로 예禮에 어긋나는 겁니다. 여러분들이 이해하기 쉬우라고 누구나 관심이 많은 일상적인 주제를 가지고 정명이라는 개념을 설명해 보았습니다. 객담客談하는 것이 아닙니다.

그래서 공자의 나라를 다스리는 정명의 기준은 예의 기준점인 요순시대에 각자 자신의 직분에 따라서 어떻게 행동했었는가에 있지만 요즘 현대의 정명正名의 기준은 이해 당사자 상호간의 허심탄회한 기대치의 합의와 계약에 있는 겁니다. 그리고 그 합의한 기대치에 맞추기 위해 노력하는 것이 예禮에 맞는 삶입니다. 예에 맞지 않으면 더불어 살지 못하는 겁니다. 정명과 예가 무슨 형이상학적이고 심각하고 고상한 것만이 아니고 우리네 삶 속에서 가장 중요한 실천적 행위에도 있다는 것을 실생활에 사례에 비추어 알아봤습니다. 고상한, 철학적이고도 형이상학적인 개념을 형이하학에 빗대어서 설명했다고 분노하는 그런 고답적인 사람은 더 이상 읽지 않으셔도 좋습니다.

사실 현재 우리 사회의 젠더 갈등은 이러한 남녀 상호간의 정명正名이 사회적으로 합의를 이루지 못해서 생기는 현상입니다. 그래서 사회적 합의점이 없으니 명실이 상부한 기준이 없는 것이고 따라서 상호간에 어떻게 젠더 행위를 하는 것이 예에 맞는 행동인지 알 수 없어서 혼란이 오는 겁니다. 이거 생각하는 것 보다 아주 중요한 문제입니다. 젠더 간의 정명正名이 바로 서고 그에 맞는 상호간의 예가 실천되면 많은 사회적 갈등이 해소될 것이고 자연스럽게 인구증가율 감소 추세에 대한 우려도 불식될 수 있을 겁니다. 유학의 예와 정명이라는 개념이 이처럼 현대 사회를 분석하고 해석하는데도 유용할 수 있다는 것을 보여드리고자 사례를 들어 설명해 보았습니다.

개인적으로야 남녀 간에 명과 실이 서로 맞지 않으면 간단하게 서로 바이바이하고 다시 자신의 기준에 따른 다른 명과 실이 일치한다고 생각되는 상대방을 찾아 '명실名實이 상부相符한, 그래서 나의 성윱혈을 말끔히 해소시켜줄 정명正名한 놈은 과연 하처何處에 유有하나뇨'를 외치면서 글로즈와 쉐도우 찍어 바르고 정명 탐구와 정명 실험을 위한 대장정大長征에 엉덩이 살래살래 흔들면서 정명자를 찾아 나서면 간단하지만, 이게 나라를, 천하를 관리하는 문제로 확대되면 문제가 아주 골치 아파집니다.

민주주의 사회에서도 대부분의 정쟁이 정치적 적대 관계에 있는 상대방의 명과 실이 서로 일치하지 않는다고 비난하는 겁니다. 자기편이 권력을 잡으면 명과 실을 일치를 시킬 수 있다고 그래서 예에 맞는 나라를 만들 수 있다고 그러니 정권을 맡겨 달라고 국민들을 상대로 사기치는 겁니다. 그래서 국민들이 설득 당하면 다음 선거에서 일정기간 정권을 맡기는 거구요.

민주주의 사회에서는 그래도 이렇게 선거라는 제도를 통해서 권력을 교체 시킬 수 있는데 공자 당시의 경우 이게 더 골치 아픈 문제입니다. 요즘은 투표를 하거나 촛불을 들어 날려버리면 그래도 비교적 해결이 간단하지만 천명天命을 받았다고 혈통으로 왕의 권력을 가지고 태어나는 경우 왕이 왕답지가 않으면 날려버리기가 아주 어렵습니다. 백성들이 정말 곤욕을 치렀습니다. 이런 왕답지 않은 왕이 하도 많아 나중에 맹자가 이런 놈들을 교체하는, 혁명을 합리화하는 이론도 만들었습니다.

예나 그 전제가 되는 정명이나 무슨 특별한 내용이 따로 있는 형이상학적이고 기오막측한 것이 아니라 시대와 상황에 따른 적용 원리라는 설명을 하기 위해 다양한 사례를 들어서 설명했습니다. 우리 모두 인간사 전반에 정명을 상호 합의하고 실천해서 예에 맞는 삶을 삽시다.

그런데 이런 봉건시대의 규칙의 내용이 하도 오랫동안 천년도 넘게 고착화 되어서 전해지다 보니 공맹을 해설하는 기존의 학인들은 봉건시대의 규범 내용이 바로 영원불변한 원리인 줄 착각을 하고 명목상으로 나마 평등한 민주주의 사회의 행동원리에 억지로 적용을 해서 공자는 무오류하고 그의 언행이 영원불변한 인류의 지혜요 행동의 기준이요 모범이라고 억지를 부립니다. 현재를 과거에 비끌어 매는 겁니다. 그러니 견강부회하고 왜곡할 수밖에 없는 거구요.

공자는 그 시대에 맞추어 열심히 살려고 그리고 그 시대를 공자가 생각하는 당시의 가장 바람직한 기준(요,순 시대)에 맞추어 사회를, 정치를 바로 잡으려고 노력한 한 사람이지 가치기준, 원칙이 다른 현대의 기준에 맞추어 행동한 사람이 아닙니다. 그러니 현대의 가치 기준으로 논어를 보면 당연히 공자도 황당한 헛소리도 하는 겁니다. 당연한 겁니다. 제가 지금 공자를 폄훼貶毁하는거 아닙니다. 도리어 사멸해 가는 유학을, 공자를 살리는 겁니다.

그런데 이런 코미디가 벌어지는 것은 소위 유학을 공부하

121

는 학인들이 유학을 종교적인 이념. 정치적 교조화된 사고 체계, 공자의 무오류성을 당연한 것으로 받아들이던 과거 조선시대 양반들의 사고방식을 그대로 답습하는데서 오는 겁니다. 공부를 잘못한 겁니다. 또 일본에서 논어를 무슨 보편적인 삶의 지침이라도 되는 것처럼 교양서적으로 가공해서 팔아먹는 것을 모방한데 따른 겁니다. 일본책에 보면 이런 논어를 처세훈으로 둔갑시켜서 팔아먹는 경우가 많거든요.

위에서 보듯 공자의 여러 개념들도 현대 사회에 맞게 재해석을 해서 적용하면 유학의 가치도 새롭게 조명할 수 있습니다. 지금 필요한 것이 공자가 무오류하고 영원불멸의 가치를 실천한 성인이라고 우기면서 사서의 문자 자구 해설을 가지고 왈가왈부하는 것 보다 공자 일파들이 제시한 다양한 개념들이 현대 사회에서 바람직한 가치의 실현을 위해 어떻게 적용되고 실천될 수 있을지를 재해석해보고 그 방안을 모색하는 것이 더 의미가 있는 일입니다.

예禮와 명에 대해 살펴보다.

탈공산방에서

9강

동양고전 읽기 2/인仁

지난 시간 예禮에 대해 알아본데 이어 오늘은 인仁에 대해 알아봅시다. 그러면 이제 예가 잘 정비가 되어서 각자 자기 분수에 맞추어 다른 계급을 넘보지 않게끔 시스템이 잘 구축되어 돌아간다고 칩시다. 그러면 이제 안심하고 살 수 있느냐. 여러분들이 왕이라고 가정해 보죠. 그런데 오늘 아침 어전회의에서 평소에는 무뚝뚝하던 대신이라는 족속의 하나가 지나치게 방싯방싯 거리면서 입 발린 소리를 하는 것이 이상하게 마음에 걸려 점심 먹은게 소화가 잘 안 되는 상황입니다. 갑자기 그 놈에게 믿음이 안 가는 겁니다. 새로 들어온 궁녀 사타구니를 아무리 주물럭거려도 마음 한 구석에 찜찜한게 해소되지 않아 마침 공자님께서 지나가신다는 소리를 듣고 모셔와 사정이야기를 하니,

공자님 무르팍을 탁 치시면서 하시는 말씀이

巧言令色 鮮矣仁(교언영색 선의인)이라.(논어 학이편 3)
겉 다르고 속 다르게 방싯거리는 놈은 인이 부족하다.

'인仁이 부족한鮮 놈이군요.'
'인仁이 뭐요? 공자 선생.'

지금 보니 당신 나라는 외적으로 예라는 시스템은 나름 갖춰져서 돌아가는 것 같은데 그 안에서 움직이는 인간들의 내면의 마음가짐이 좀 문제가 있는 것 같습니다. 외적인 체제만 갖춰졌다고 안심을 할 것이 아니라 그 시스템을 원활하게 작동시키기 위해서는 그 안에서 기능을 하는 인간들의 내면의 마음 자세가 더 중요할 수도 있습니다.

우선, 오늘 아침 어전회의에서 아무리 머리를 조아렸더라도(예에 맞추어 행동을 했더라도) 평소와 달리 겉 다르고 속

다른(교언영색巧言令色) 놈은 인이 부족한 놈입니다. 문제가 있는 겁니다. 군신君臣간에 서로 믿음(信)을 주지 못하면 아무리 예에 맞게 행동을 했더라도 인이 부족한 겁니다. 이 경우 서로 자기 신분 위치에 맞게 평소 하던 그대로 솔직하게 상대방을 대해야 합니다.

이제 처음에 예禮와 정명正名이라는 개념이 나오고 그 다음 인仁이 나오고 그 다음 신信이 나옵니다. 예는 계급 사회를 잘 돌아가게 하는 외형적 시스템 원리, 인仁은 인간의 보편적 인성人性이 아니라 예禮 안에서 구성원 상호간에 신뢰를 줄 수 있는 내적인 마음가짐. 즉, 그 사회 시스템이 지향하는 원리, 원칙, 예에 맞추어 행하려는 마음자세를 말합니다. 주어지는 상황에 따라 그 구체적인 내용은 다 다를 수 있겠죠. 그리고 상대방에게 신뢰, 믿음, 신信을 못주면 인이 부족한 겁니다.

이 인의 개념은 공자는 예를 지키기 위해서는 인이 필요하다라는 당위론적 입장이고 후대 맹자에 가서는 인간들을 더 설득하기 쉽게 아예 인은 인간에 내재한 보편적인 인성인데 이게 잘 발휘가 안 되는 것은 계발이 안 돼서 그런거다라고 논리를 발전시킵니다. 인은 인간에 이미 내재되어있다는 사실론입니다.

그럼 인이 아주 없는 불인不仁한 경우는 무엇일까요. 그건 예에 완전히 어긋나는 경우를 말합니다. 위에서 말한 대신은 아침에 왕 앞에서 머리를 조아리는 예에 맞추어 행동을 했으니 불인하지는 않습니다. 그런데 평소와 다르게 교언영색을 함으로서 왕의 신뢰를 사지 못해서 인이 부족한 거라고 볼 수 있습니다. 모닝회의에서 '너 이 왕 새끼, 개새끼, 니가 그리고도 왕이냐.' 이러면서 삿대질을 하면서 대들었다면 불인하고 예에 어긋나서 당장 삼족三族 멸滅했을 겁니다.

공자가 왜 교언영색 불인巧言令色 不仁이라고 안하고 교언영색 선의인巧言令色 鮮矣仁이라고 한 이유입니다. 불인不仁과 선의인鮮矣仁의 차이입니다. 저는 이 구절을 이렇게 새깁니다. 즉, 다시 강조하지만 예의 신분 질서에 맞추어 인간 사회가 원활하게 돌아가려면 인간들은 어떤 마음 자세를 가져야 하는가. 예가 계급에 따른 외형적, 형식적 룰이라면 인은 이를 서로 잘 지키기 위한 마음가짐, 마음 자세를 말합니다. 서로 진심으로 남의 계급을 넘보지 말고 분수를 지키는 마음자세를 갖자 그래야 서로 믿고(信) 두 다리 쭉 펴고 안심하고 살 수 있다. 그래야 요순시대, 대동사회가 구현되는 거다. 다시 좀 더 학술적인 용어를 구사해서 설명하면 인이란 공동체가 추구하는 가치(공자의 경우 요순시대, 대동사회, 예가 구현된 사회) 지향적 마음자세를 말하고 그에 따르는, 지향하는, 부합하는 사람을 인하다하고 그 가치를 지양하는 놈을 불인하다고 하는 겁니다.

그래서 공자님께서 이어 말씀하시기를 '임금님도 신하를

앞에서는 잘한다하면서 뒤에서 사약을 내리면 안 되고 신하도 앞에서 입발린 소리하고 뒤에서 배신 때릴 마음을 먹으면 그건 서로간에 인이 부족한 겁니다. 면종복배面從腹背, 소리장도笑裏藏刀 이게 없어야 서로 마음 편히 두 다리 쭉 뻗고 잘 수 있는 겁니다. 임금님도 인한 마음을 먹으세요. 그래야 군신간에 믿음 信이 생기는 겁니다. 그래야 궁녀와의 방사도 원활한 법이올시다.'(이건 가상 시추에이션입니다. 내가 상상해서 만든. 시비 걸지 마세요.) 예라는 사회시스템을 직접 해치면 불인, 그렇지는 않아도 사람들 사이에 믿음을 못주면 선의인鮮矣仁. 구성원들 사이에 믿음을 못주면 인이 부족한 겁니다.

시중에 나와있는 논어 해설책들은

巧言令色 鮮矣仁 교언영색 선의인
말을 교묘하게 하고 얼굴색을 꾸미는 자 치고 어진 사람은 드물다.

일반적으로 열에 아홉은 위와 같이 한글 뜻풀이하고 오만 잡설을 늘어놓는데 저는 그렇게 풀이하지 않습니다. 한 두 권은 저처럼 인이 부족하다고 새긴 책도 있기는 한데 그 맥락에 대한 설명은 역시 없습니다. 어느 주장이 더 타당한가

하는 판단은 역시 읽는 이의 몫이겠죠.

공자 말씀에 무차별적인 것은 없습니다. 만인이 무차별하면 천하가 개판이 된다는 것이 공자 생각입니다. 왕후장상王侯將相은 씨가 따로 있다는 것이 공자 생각이라면 저는 왕후장상이 씨가 따로 있는 것이 아니다 입니다. 대신 저는 인간이라는 동물이 핏줄로 타고난 계급이나, 자본의 양에 따른 계급은 없어도 교양과 고양된 정신세계, 안목, 품격에 따른 격格의 차이는 있다고 생각합니다. 모두 각자 개인의 노력으로 성취할 수 있는 겁니다. 그런 의미에서 인간은 평등합니다. (그런데 세상에는 사실 너절한 인간 축에도 끼지 못할 버러지들도 참 많습니다. 각자 수양을 하지 않아서 그런 것 같습니다.)

인에 대해 알아보다.

탈공산방에서

10강

동양고전 읽기 3/
'어질'인에서 '더불'인으로

지난 시간에 이어 인이라는 개념에 대해 좀 더 이야기하지요. 시중에 나도는 논어 해설책들을 보면 과거 서당에서 졸던 염소수염 기른 훈장이나 하바드에서 동양학을 전공하고 왔다는 박사나 거의 다 아래구절을 저렇게 새깁니다.

巧言令色 鮮矣仁 교언영색 선의인

말을 교묘하게 하고 얼굴색을 꾸미는 자 치고 어진 사람은 드물다.

저 한글 풀이를 놓고 문맥의 의미 구조를 따져볼까요. 한문의 구조가 아니라 한글로 새긴 문장의 의미입니다. 교언 영색하는 놈은 인한 놈이 드물다鮮고 했지 전혀 없다는 의미 는 분명히 아닙니다. 그럼 어떤 놈은 교언영색해도 인하고 어떤 놈은 교언영색해도 인하지 않은데, 그럼 인한 놈과 인 하지 않은 놈을 구분 짓는 기준이 뭘까요?

왜 그 기준에 대해 논어에서 바로 이어서 언급이 없나요. 하다못해 이쁜 것들은 교언영색해도 인하고 못 생긴 것들은 교언영색하면 인하지 않고 하는 식(잘 생긴 사람이 못 생긴 것들에 비해서 드무니까요. 이건 다른 이야기 인데 실제로 미인은 착하고 능력이 있다는 외모에 대한 고정관념이 실제 와는 상관없이 왜 유지, 확산되는 가에 대한 서양의 실험과 이론이 있습니다.)의 기준에 대해 이야기를 해줘야. 저 스토 리가 완결되는 것이 아닌가요.

저는 공자 자신은 물론 논어를 편집한 그 제자 무리가 절 대로 저런 식으로 논의를 중도에 하다가 마칠 무식한 인간들 이 아니라고 생각합니다. 아무리 빌어먹고 다녀도 그래도 당 대의 먹물깨나 먹은 지식인 부류인데 논어라는 서물을 만들 면서 저런 식으로 엉거주춤 똥 싸다마는 식의 논의는 하지 않았을 겁니다.

그러니 한글 풀이가 잘못되었다는 거죠. 그런데 과거 어느 훈장이 맨 처음에 인한 놈이 드물다고 새겼는지 몰라도 (귀찮아서 조선시대 판본板本은 확인을 안 해 봤습니다.) 지금까지도 논어 공부를 한다는 학인들이 한 번도 반성적으로, 관성에서 벗어나 저 한문 문구의 의미와 한글로 풀이해 놓은 문구의 의미가 일치하는지에 대해 다시 생각해 본 적이 없이 그대로 옮기고 있는데 이건 잘못된 겁니다. 제 견해입니다. 다른 학인들은 또 다르게 해석 할 수도 있는. 해석이야 다양할수록 학문의 발전에 좋은 겁니다. 그래서 저는 '인한 놈이 드물다가 아니라 인함이 드물다.'라고 새긴겁니다.

왜 인함이 드뭅니까? 지난 시간에 말했잖아요. 교언영색(겉 다르고 속 다르면)하면 상대방에게 믿음信을 못주니까요. 겉으로는 일단 예에 맞추어 행동하는 것 같아도, 겉과 속이 다르게 보이는 것은(교언영색) 인함이 부족한 거라는 말씀. 그래서 여기서는 인하다는 것은 이상 사회체제 추구를 위한 예를 실천하는데 있어 상대방에게 믿음을 줄 수 있도록 여일하게 행동하라는 공자 말씀이라는 겁니다.

공자님 말씀이니까 좀 더 멋있게 일반화해서 표현해 봅시다. 공자님이 추구하는 이상사회인 요순시대, 대동사회, 예가 바로 선 나라를 만들어 나가는데 부합하려는 마음자세가 바로 인입니다. 인이 인간이 타고난 본연의 본성 어쩌구하는 것은 다 나중에 나온 맹자의 구라예요. 인이란 마음 자세를 말해요. 사람들이 특히 나라를 다스리는 사람들이 인해야 예가 바로 서고 이상사회가 가까워진다는 말이죠. 그래야 사람들 상호간에 믿음, 신을 줄 수 있는거구요.

왜 나중에 인이 인간의 본성이라고 인하게 살아야 한다고 지배계층과 유학을 하는 것들이 떠들었겠습니까. 생각해보세요. 인간들이 봉건 사회, 계급 구조 속에서 체제에 순응하면서 체제 지향적으로 살아야 나라 관리, 정치하기가 편할 것 아닙니까. 혼란스럽지도 않고요. 다스리기도 좋고 편할 것 아닙니까. 그러니 체제 순응적으로 사는 것이 인간 본연의 속성이라는 주장하는 겁니다. 역행하는 것들은, 반기를 드는 놈들은, 사회체제를 흔드는 반골들은 아예 인간 본성에 어긋난, 인간이 아니라는 겁니다. 체제 순응하는 속성이 인간이 타고난 것이라고 말하면 얼마나 통치하기 좋습니까. 누구나 당연히 그에 따라야 하잖아요.

그래서 인이란 공동체가 지향하는 가치를 적극적으로 실현하려는 마음가짐. 이렇게 정의하면 가장 타당합니다. 조선조까지는 당연히 지향하는 가치가 봉건사회, 계급사회였으니까 그에 따른 행동규범이 인한 것이었겠죠. 단일한 정치체제 속에서 인이라는 것도 당연히 한 가지 모습으로 나타나고 그래서 지배계급은 지향하는 가치에 맞는 마음자세가 인간의 본래 타고난 것이라고 우겨도 되었을 겁니다.

그러나 지금은 지향하는 가치체계가 달라졌잖아요. 봉건사회가 아니잖아요. 그러면 인하다는 것도 역시 다르게 나타나야할 겁니다. 그런데 학인들이 과거의 가치 기준에 따른 인하다는 내용을 지금의 가치 기준에 억지로 맞추어 여일한 인간의 본성이라고 우기려니까, 견강부회가 되는 겁니다. 억지 해석을 하는 거구요. 지향하는 가치 기준이 달라졌다는 것을 무시하고 인이란 과거나 지금이나를 불문하고 보편타당한 인간의 속성, 사랑이라는 둥 말하니 논어에 나오는 공자의 행동이 이해가 안 되고 앞뒤가 안 맞는 겁니다.

그러면 인과 불인이 현대 사회에 어떻게 적용될 수 있는지 한번 현대적 의미로 재해석을 해보죠. 현대 우리나라 사회는 일단 헌법상으로나 국민들 의식상으로 다수가 민주주의를 목표로 추구하고 있습니다. 그러면 민주주의를 올바로 구현해 나가려는 적극적 마음 자세가 바로 인한 마음이고 그것을 바로 실천해 나가려는 지도자가 인한 지도자인 겁니다. 그걸 누가 판단하는가. 국민이 판단합니다. 하늘이 판단하는 것이 아닙니다. 공자 시대에는 하늘이 판단한다고 해서 천명天命을 부여받았다고 했습니다. 지금 시대에 누가 천명을 받는 인간이 있단 말입니까. 옛날에는 인의 정당성을 하늘이 부여했지만 지금은 국민이 부여합니다.

국민이 판단하고 부여하는 방법이 선거인 것이죠. 그러나 국민들의 판단이 스스로 잘못된 것 같으면, 믿음을 가질 수 없으면, 또 지도자가 믿음을 주지 못하면, 임기 중간에라도 촛불을 들고 나가서 맹자 말대로 한바탕 뒤집어엎는 혁명을 하는 겁니다. 그래서 수시로 여론조사를 하고 지지도가 얼마나 나오는지 대통령이 전전긍긍하잖아요. 이게 민주주의입니다. 그래서 판단의 주체인 국민이 민도가 낮아서 어리석은 결정, 판단을 내리면 나라가 바로 망조가 듭니다.

민도는 어디서 옵니까. 교육에서 오는 겁니다. 그래서 교육이 백년지대계라고 하는 겁니다. 새마을 교육 같은 국가 차원의 집단 정신교육을 말하는 것이 아닙니다. 각 개인들이 스스로 비판적으로 사고 할 수 있도록 하고 스스로 논리적으로 판단한 것을 자유롭게 발표 할 수 있는 여건을 만들어 주는 교육을 말합니다. 그러기 위해서는 글 읽고 쓸 줄 아는 능력을 길러주어야 합니다. 제가 교육 봉사를 하는 것도 바로 이런 차원에서 하는 겁니다.

그런데 권력을 잡은 인간의 입장에서는 이 통치의 정당성을 부여하는 국민들이 너무 똑똑해서 인仁함의 기준이 지나치게 까다로워지면 골치가 아파요. 그래서 적당히 개돼지가 되기를 원하는 것이 권력자의 속성입니다. 당신은 혹시 개돼지가 아닌가요? 모두 한 번 돌이켜 생각해 볼 일입니다.

생각해 봅시다. 우리가 과거 국민을 향해 총질을 해대던 대머리를 인하다고 할 수 있겠습니까? 민주주의적 가치를 해친 대표적으로 불인한 놈입니다. 또 개인의 이익을 위해 야

바위나 치고 직분을 게을리하고 드라마나 보면서 소일하던 쥐나 닭을 인하다고 할 수 있겠습니까. 다 불인한 것들입니다. 인이란 이런 겁니다.

지금까지 대다수의 논어를 위시한 유가문서를 연구한 책자를 보면 인을 유가사상의 핵심 개념이라고 하면서 인의 내용에 대해 설명하면서 거의 사랑 타령을 하고 있는데 이는 잘못된 접근법이라고 생각합니다. 기존의 학설들은 인仁이라는 한자의 글자 형태 풀이부터 시작해서 수신제가치국평천하 修身齊家治國平天下를 말하며 자기 자신에 대한 사랑에서부터 확대해서 전 인류의 사랑까지를 말한다고 사랑의 송가를 부르고 있는데 참 난감합니다.

그럼 한걸음 더 나아가 인에 대해 좀 더 현실적인 심도 있는 분석을 해 봅시다. 우리 인이라는 한자를 어떻게 새깁니까. 어질 인 이렇게 말하죠. 유가사상이 우리나라에 들어와 실질적인 생활 규범으로 자리 잡은지 아무리 적게 잡아도 5백년은 넘었습니다. 그러면 인, '어질다'라는 개념이 우리삶 속에서 어떻게 내면화 되어서 사용되고 있는지 한 번 생각해 봅시다. 누가 여러분들에게 참 어진 분이라고 말해주면 기분이 좋죠. 우리가 어떤 상황에서 어질다는 표현을 합니까. 약자, 지위가 낮은 사람이 강자, 지위나 신분이 높은 사람의 말을 잘 듣거나 선행을 했을 때 어질다, 인하다고 합니까. 아니면 강자, 신분이 높은 사람이 약자나 신분, 지위가 낮은 사람에게 선행을 베풀었을 경우에 인하다고 합니까. 아마 당연하게 후자의 경우에 인하다고 할 겁니다. 지위나 계급이 높은 사람이 낮은 사람에게 무언가를 베풀었을 때 우리는 높은 사람을 보고 매우 인자하다거나 어지신 분이라고 표현합니다.

그 반대의 경우 신분, 지위가 낮은 사람에게 착한 사람, 선善한 사람이라고는 해도 매우 어진 사람이라고 하는 경우는 거의 없을 겁니다. 그리고 서로 지위가 대등한 경우에도 상대방에게 어떤 선행을 베푼 사람에게 착하다고는 해도 어질다고 하는 표현은 잘 안 합니다. 어지신 분이라는 말을 들었을 때 기분이 좋은 것은 상대방과의 관계 속에서 제 3자가 여러분을 더 높은 위치에 있는 사람으로 본다는 데서 오는 경우가 더 많습니다. 여러분의 행위의 선함을 평가하는데서 오는 기분 좋음도 있겠지만 그 보다 더 지위의 높음을 인정해 주는 데서 오는 기분 좋음이 크다는 겁니다. 5백년을 넘게 유교문화권 속에서 살아오면서 잠재의식 속에 그렇게 각인된 겁니다. 착할 선善과 어질 인仁의 차이입니다.

인仁이라는 개념은 일차적으로 시혜施惠의 의미가 우선입니다. 윗사람이 아랫사람에게 무언가를 베푼다는 상하의 위계질서 속에서 사용되는 개념입니다. 대등 평등 관계의 개념이 아닙니다. 지배자의 윤리 덕목으로 더 강조되고 있습니다. 공자가 말하는 인이 나쁘다거나 부정적인 개념이라는게 아닙니다. 유교 신자들은 너무 흥분하지 마세요. 공자 당시에는 선 보다 인이 더 중요한 개념, 시급한 과제였습니다. 태생적 봉건 계급 사회에서 지배계층의 피지배 계층에 대한 착취와 탄압이 더 심했고 그걸 완화시키는 것이 사회의 안정과 유지를 위해 매우 중요했으니까요. 왕으로부터 시작해서 저 아래 평민, 노예에 이르기까지의 서열 관계 속에서의 단계적인 탄압과 착취, 요즘 말로 하면 갑질은 요즘 민주주의 사회 속에서 사는 우리로서는 짐작하기 어려울 겁니다.

공자가 말합니다. '신분이 낮은 사람들에게 어질게 잘해주는 것이 사회의 안녕과 체제 유지를 위해 정말 긴요한 일이다. 그만 좀 못살게 굴어라.' 그 말을 들은 왕이 공자에게 묻습니다. '좋아, 그럼 내가 인仁하면 너는 뭐 할거니?' 공자가 다시 답합니다. '좋아. 그럼 니가 천명天命을 받았다는 걸 인정해 줄게. 예禮를 지킴으로서.(니 자리 넘보지 않는다니까 그러네.)'

그럼 이 인仁이라는 개념이 형식적으로나마 권리의 평등을 인정하는 현대 민주주의 사회 속에서는 어떻게 이해되어야 할까요. 현대 사회는 일단은 과거의 태생적 신분 사회가 아닌 대등한 계약관계, 적어도 결과적, 실질적 평등은 못 이루어져도 권리의 측면에서는 평등한 사회입니다. 우리가 목표로 하는 것은 공정한 계약과 능력에 따른 실질적 평등이 이루어진 사회입니다. (노사간의 대등한 위치에서의 공정한 임금 체계 확립과 사회적 복지의 확충을 말한다고 이해해도 됩니다.)

앞에서 인이란 그 사회가 추구하는 가치를 지향하는, 그 가치를 실현하려고 노력하는 내적인 마음가짐, 마음자세라고 정의했습니다. 저는 사랑 타령하지 않습니다. 인을 놓고 사랑 타령을 하니까 현대 사회에서 교육 받고 살면서 생활하는 유가 연구자들에게 논어에 나오는 공자의 언행이 일이관지一以貫之하지 않고 잘 이해가 안 되는 겁니다. 조선시대 사람이 아닌 명목상으로나마 민주주의 교육을 받은 현대인인데 전공은 유학이고 그런데 인을 사랑이라는 개념으로 생각하고 논어를 읽다 보면 대충 어느 순간 멘붕이 오고 억지 해설을 하게 됩니다. 시중에 나와 있는 해설서들이 대충 이 계열에 속합니다.

아무튼 공자 당시의 인의 내용이 어짊이라면 현대 사회에서의 인의 내용은 무엇이 되어야 할까요. 간단합니다. 인이라는 한자를 '어질 인'이라고 하지 말고 '더불 인'이라고 새기면 됩니다. 시대가 바뀌면 한자에 대한 우리말 새김도 바뀌어야 합니다. 개념의 확대입니다. 여러분은 지금은 다 죽은 2천 년도 더 전의 케케묵은 사어死語, '인仁'이 21세기의 가장 중요한 개념으로 다시 태어나는, 부활하는 현장을 보고 있는 겁니다. 앞으로 인을 '어질다'는 뜻으로 새기지 마세요. 대신 '더불어 같이 산다'는 뜻으로 새기세요. '어질' 인에서

'더불' 인으로. 인간들이 '공존共存'에서 더 나아가 '공생共生'으로 여기서 더 나아가 '협존協存'으로 살아가야 하는 것이 현대 우리 사회의 가장 시급한 과제입니다. '협존協存'이라는 말은 제가 만든 단어입니다. 공존은 그냥 같은 공간에 존재하는 겁니다. 공생이라는 것은 같은 공간에 같이 사는 겁니다. 제가 말하는 협존이라는 개념은 같은 공간 안에서 더불어 협조해서 사는, 한걸음 더 나아간 개념입니다. 영어로 말하면 cooper-existence입니다. cooperation 협력과 existence존재의 합성어입니다. 역시 제가 만든 개념입니다. 앞으로 널리 사용되기를 기대합니다. 인간은 '호머 코퍼스 homo coopers'입니다. 그리고 이어야합니다.

협존協存이 이루어지기 위해서는 제일 먼저 상대방에게 공감共感할 수 있어야 합니다. 그런 다음에야 공존共存할 수 있고 공존할 수 있어야 공생共生이 가능하고 공생이 발전하면 협존協存이 되는 겁니다. 협존協存하는 사회가 공자가 말하는 인仁이 이루어진 대동大同사회일 겁니다. 요순시대가 별거겠습니까. 마르크스라든가 하는 선각자들이 말하는 이상사회라는 것이 또 뭐 별난 사회이겠습니까.

이제 전공하는 사람들이 아니면 그 누구도 거들떠보지도 않던 케케묵은 다 죽은 유가사상의 중요한 핵심 개념들, 예禮, 정명正名, 인仁 등을 21세기에 맞게 새로 살려 놓았습니다. 여기에 살을 더 붙이는 것은 이런 제 주장에 수긍을 하는 후세의 학인들의 몫입니다. 동양학 공부한다면서 옥편玉篇 똥구멍만 파고 훈고訓詁만 하고 있으면 안 됩니다.

논어를 읽다 보면 공자는 참 실제적인 사람이라는 생각이 들어요. 그런데 후세에 오면서 유가사상은 공변으로 변합니다. 물론 시대적인 상황에 따라 불가피한 측면도 있읍니다만 그것을 그때그때 비판하고 수정, 발전시키지 못한 학인들의 책임이 큽니다. 춘추시대, 공자가 주유하던 시절 공자는 정치를 하려는 재상 지망생이었지, 철학자가 아닙니다. 벼슬자리 알아보려고 주유한 겁니다. 요즘 말로는 정치공학자, 통치 기술자라고 보면 됩니다. 논어는 단적으로 말하면 정치공학 기술서라고 할 수 있습니다. 철학서, 형이상학서가 아닌겁니다. 철저하게 인간 사회 현실을 어떻게 하면 안정을 찾아 이상사회라고 생각한 과거 주나라, 요순시대처럼 사회가 편안하게 돌아가게 만들 것인가에 공자 생각의 초점이 맞추어져 있어요. 그러니 말에 형이상학이 없습니다. 공자가 바보가 아닌데 뜬 구름 잡는 이야기로 어떻게 현실을 바로 잡아 다스릴 수 있다고 생각하겠습니까. 당연한 일입니다.

이런 공자의 실용성이 공허한 이론으로 변질된 데는 주희의 공이 큰데요, 주희가 사서를 집주하면서 기존의 공자의 실질적 개념들을 성性과 리理로 대치해서 자연의 이치를 리라고 하고 그것이 인간 본성으로 내면화 된 것을 성이라고 공자를 재해석하면서 공자의 실제성은 증발해 버립니다. 공허한 형이상학으로 둔갑합니다. 사실 이 당시는 유학이 이미 통치 이념으로 자리 잡고 있어서 누가 뭐라고 공염불을 해도 세상 돌아가는데는 전혀 지장이 없을 때입니다.

통치 철학이 보다 완벽해 지기 위해서는 인간 세상이 돌아가는 원리뿐만 아니라 천지 우주 만물이 돌아가는 원리까지도 설명해 줄 수 있어야 합니다. 그래야 이데올로기로서의 경쟁력이 생기고 생명이 길어질 수 있는 겁니다. 그래서 당시 유행하던 도가와 불교의 우주 만물의 생성과 운용에 대한 개념들을 차용하여 유교식으로 재해석해서 정립한 것이 주자학, 성리학입니다. 주자가 이걸 한 겁니다. 공자는 우주 만물이 돌아가는 이치에 대해서는 별로 관심이 없었습니다. 오로지 인간사회 문제만이 관심이요, 화두였습니다.

공자는 인간은 만물과 다르다는 입장입니다. 노자의 경우 만물 안에는 인간도 포함되고 만물은 각자 운행(화생과 사멸)하는 원리, 도가 있고 인간도 이 도를 따라야 한다는 입장입니다. 그러나 공자는 당시로서는 보기 드문 혁명적인, 인간은 인간 고유의 법칙이 있고 그것은 역사를 통해서 알 수 있다는 선언을 한 겁니다.

공자와 노자, 노자와 공자의 출발점, 문제의식은 난세의 천하를 평안하게 해야 한다는 것으로 동일합니다. 그러나 실천 방법론은 서로 다릅니다. 그 실천 방법론이 다른 것은 인간이 만물과 다른 독자적인 운행원리가 있다는 공자의 생각과 노자의 인간도 만물의 하나로서 인간도 만물의 운행원리를 따라야 한다는, 인간과 인간 이외의 만물과의 관계에 대한 시각의 차이에서 오는 겁니다. 이 이야기는 나름 중요한 쟁점의 하나인데 나중에 더 구체적으로 언급할 기회가 있을 겁니다.

주희가 죽기 하루 전날 제자들에게 유언으로 공부 열심히 하라고 하면서, 발을 땅에 굳게 붙여야 앞으로 나아갈 수 있다고 했는데 저는 도리어 공자는 평생 땅에 발을 굳게 붙이고 살았으나 주희는 평생 공중 부양을 하면서 공변을 일생의 업으로 삼고 살았다고 평가합니다. 물론 유학의 형이상학적 발전을 통해 주자학의 기틀을 잡은 철학자라고 정석대로 평가할 수도 있습니다. 그러나 저는 공자의 실제성을 공변으로 돌려 공자 본연의 모습이 상실되었다고 비판하는 겁니다.

유가에 형이상학이 생긴 것은 인도에서 중국으로 불교가 들어와 인간의 의식구조, 사변에 대해 논의를 전개하자, 이에 대응하기 위해 후세의 유학들이 형이상학을 공자의 생각에 기반하여 개발해 낸 것이라고 보면 이해하기 편합니다. 주희로부터 유래한 퇴계와 율곡의 이기논쟁 같은 것은 공자 머리 속에는 일도 없었을 겁니다. 아마 공자가 퇴계와 율곡이 서로 이기론理氣論을 두고 시비곡직을 주고받는 걸 봤으면 참 더운 밥 먹고 식은 소리하는, 할 일 없는 놈들이로구나 했을 겁니다.

저도 심심하면 공변을 나누기 좋아합니다만 공변은 어디까지나 남는 시간에 취미로 할 일이지 그것을 업으로 삼거나 현실에 적용해서는 안 된다고 생각합니다. 그런데 노동을 하기 싫어하고 사변을 좋아하는 양반 유생儒生들은 공변으로 날이 지고 새었습니다. 지금도 그런 사람 많습니다. 겉으로 보면 한자깨나 알고 있는 것 같고 도포자락 휘날리고 다니면 그럴듯한데다가 무식한 사람들 보기에도 개폼 나 보이잖아요. 그러나 그런 사람들더러 현실 문제를 해결해 보라고 하면 젬병입니다. 문 닫고 자기들끼리 혼자서 놀 때는 재미있었지만 힘을 앞세운 놈들이 들어 와서 큰기침 한 번하면 바로 혼비백산 놀라서 줄행랑칩니다. 그래서 이씨조선이 망한 겁니다.

아무튼 요즘 학인들이 왜 헛소리를 하는가 하면요, 모든 개념들, 유학 같으면 예, 정명, 인, 신 이런 단어의 의미가 시대에 따라서 발전해 나가고(공부하는 사람들의 생각이 덧붙여지니까요) 이런 개념도 서로 개념간의 관계와 시간의 흐름에 따른 생성과정이 있는데, 불교의 예를 들면 유무有無 다음에 공空이라는 개념이 나오고 다시 탈공脫空이라는 개념이 나오는 것처럼 개념도 발생순서가 있는데-공이라는 개념이 먼저 나온 다음에 거꾸로 유무에 대한 생각이 나올 수는 없잖아요-이런 시계열 분석을 무시하고 모든 개념을 평면에 놓고 되는 대로 엮어서 중구난방 구라를 피우다 보니 본인도 모르는 소리를 하고 해석도 두리뭉실 구렁이 담 넘어가듯 하는 겁니다.

즉, 개념의 시공간적 포지셔닝이 제대로 안되어 있으니 두뇌의 혼란이 오는 것은 당연한 이치죠. 원시불경인 아함경을 화엄경의 용어와 잣대로 설명해 보세요 그게 제대로 되는지. 아는 지식의 많음과 학벌을 자랑하고 싶어서 그러는지 몰라도 그러면 결국은 견강부회할 수밖에 없는 것이고 공변 空辯만 하게 되는 것입니다.

하다 보니 좀 지루하고 재미없는 강의를 했습니다. 망언다사妄言多謝

인을 부활시키다.

탈공산방에서

11강

동양 고전 읽기 4/ 노자 이야기

앞의 강의에서 노자의 도덕경에 대해 어느 분이 오해한 부분에 대해 바로 잡은 적이 있었습니다. 기왕에 노자 이야기를 꺼낸 김에 도덕경에 대해 몇 마디 더 이야기 해 볼까 합니다. 노자라는 사람이 썼다는 도덕경은 아래와 시작합니다. 워낙 유명한 고전이니 만큼 누구나 다 알고 있을 겁니다. 먼저 후대 사람들이 편의상 나누어 놓은 1장 부분을 한번 보지요. 원래는 장, 구의 구분이 없이 그냥 주루룩 나열된 한자 뭉치입니다. 그리고 저 노자 1장이라고 하는 것도 최근의 고증학적 연구 결과에 따르면 노자를 도경과 덕경으로 나누어 보았을 경우에 도경의 첫머리이고, 노자는 원래 도덕경이 아니라 덕도경으로 구성되어 있다는 것이 유력한 학설입니다. 그러니 중간 부분의 첫머리인겁니다.

道可道非常道
도가도비상도
名可名非常名
명가명비상명
無名天地之始　　有名萬物之母
무명천지지시　　유명만물지모
故常無欲以觀其妙　常有欲以觀其徼
고상무욕이관기묘　상유욕이관기요
此兩者同　出而異名
차양자동　출이이명
同謂之玄　玄之又玄　衆妙之門
동위지현　현지우현　중묘지문

이렇게 그동안 그래도 가장 잘 알려진 노자의 판본을 한자로 옮기고 한글로 훈을 달아 놓고 그 다음에는 이걸 해석하려고 하면 좀 짜증이 납니다. 백이면 백 사람 모두 제각각 해석을 하는데 내가 거기다 또 하나 보태야 하는가 하는 난감한 생각이 드는 겁니다. 논어 같으면 상당히 구체적인 스토리가 있고 에피소드 별로 나름 상황 재현과 구성이 가능한데 노자는 그렇지 않습니다. 논어가 구상이라면 노자는 추상입니다. 문학입니다. 비유와 상징입니다. 아무래도 대비가 되는 논어와 서로 비교하면서 설명하면 이해하기 편한데요, 논어는 주로 공자가 어떤 이야기를 하고 어떤 상황에서 어떻게 행동을 했다는 식으로 서술되어 있습니다. 왜 그런 이야기를 하고 왜 그렇게 행동을 했는지에 대한 해석은 가치 기준에 따라 사람마다 다 다를 수가 있어도 일단은 논어라는 서물에는 공자가 무슨 말을 했고 어떤 행동을 했는지에 대해서는 비교적 분명하게 한가지로 서술되어 있습니다. 다른 스토리가 있을 수 없어요.

그런데 노자의 도덕경은 전혀 다릅니다. 그냥 노자라고 칭해지는 사람(들)의 생각이 비유와 상징처럼 죽 나열되어 있습니다. 저 소위 도덕경의 1장이라는 것도 보세요. 논어의 첫머리와는 전혀 다릅니다. 논어는 공자가 무어라고 말했다라고 분명하게 나오잖아요. 그 내용의 의미가 무어든 간에 말한 내용이나 스토리는 소설처럼 분명하잖아요. 하지만 노자는 다릅니다.

또 논어와 노자는 책이 만들어지는 과정도 서로 판이한

데, 논어의 경우 공자의 제자 학파들이 공자 사후 오랜 기간이 지난 후에 서로 모여 공자의 말과 행적을 기억해서 편찬한 공저자들이 만든 책이고 '노자'는 노자라고 불리는 사람이 전편을 일관되게 서술하는 형식으로 일단은 한 사람이 전체를 쓴 것으로 되어 있습니다. 기독교 성경책이나 부처님 이야기인 불경도 만들어지는 과정은 논어와 흡사합니다. 성경책은 노자처럼 필자 하느님 한분이 있어서 어느 날 누구를 불러놓고 주루룩 불러주고 받아쓰게 하거나 아니면 하느님이 노트북 자판을 하나씩 치면서 쓴 책이 아닙니다. 물론 나중에 후대의 사람들이 멋대로 끼워 넣기를 했다거나 순서를 바꾸기는 했을지 몰라도 노자는 일단은 한 사람의 논술입니다.

노자에는 구체적인 스토리, 팩트가 없습니다. 그러다 보니 읽는 사람마다 마음 내키는 대로 해석을 할 수 있어요. 즉, 논어는 비유해서 예를 들면 '공자님께서 말씀하시기를 화장실에 가서 볼일을 본 다음에는 적어도 거시기를 세 번은 털고 나오시며 그것이 예에 맞는다고 하셨다'는 식으로 팩트가 서술되어 있는데 반해 노자는 그냥 알 듯 모를듯한 이야기가 한자로 5천 여자가 죽 나열되어 있는 겁니다.

그러니 노자 당시의 한문 글쓰기라는 것이 지금과도 다르고 거기 서술된 단어의 개념 의미도 그때와 지금이 서로 다르고, 당시에도 논어에서 말하는 도와 노자에서 말하는 도의 개념이 서로 다르고, 그러다 보니 읽는 이마다 다 다르게 해석을 해도 옳다 그르다 시비를 걸기가 난감합니다. 누가 바르고 누가 그르다고 할 수도 없는 좀 그런 책입니다.

내용은 논설문인데 형식은 문학입니다. 글의 성격은 논어와 마찬가지로 정치공학서입니다. 세상을 잘 다스리기 위한 방편이 서술되어 있는 논설문입니다. 그런데 표현을 비유와 상징을 사용해서 후대에 학인들마다 그 비유와 상징을 다들 제멋대로 이해하고 해석하는 겁니다. 노자는 철학서도 형이상학서도 아닙니다. 철학서 이전에 정치, 통치방법을 다룬 서물입니다. 그리고 공자나 노자도 어디까지나 인간의 삶에 대한 관찰과 천지 만물에 대한 관찰, 경험을 서술한 겁니다. 후대의 왕필이 같은 아이들이 연소하고 경험이 없어서 노자에 주를 달면서 머릿속으로 생각한 관념들을 이용하여 추상적으로 형이상학적 해석을 하고 멋대로 생각한 망상을 서술 한것이지 노자 자체는 철저한 천지만물에 대한 글쓴이의 경험과 관찰의 소산이라고 봐야합니다.

이러한 성격의 글이다 보니 거기다가 내가 한소리 더 보태 본들 다 똑 같은 헛소리의 하나입니다. 그러니까 한심하고 짜증이 난다고 한 겁니다. 그러니 자신이 해석한 것만 옳고 다른 사람의 해석은 그르다고 아우성치는 것들은 노자 도덕경의 특성을 모르는 사기꾼들이라고 보시면 됩니다. 그냥 이런 해석도 있을 수 있다고 말하는 사람이 제일 솔직한 겁니다.

쉽게 비유하자면 한용운의 시에 나오는 '님'을 놓고 그 님이 조국이냐 아니면 사랑하는 사람이냐를 놓고 머리끄댕이 잡고 싸워 봐야 다투는 사람만 미친놈 소리 듣잖아요. 그게 조국이면 어떻고 또 사랑하는 사람이면 어떻습니까. 감상하는 사람 입장에서는 다 다른 것이 시, 비유와 상징의 특징인데요. 일본만 아니면 되는 겁니다. 한용운 시에 나오는 님이 '사실은 일본이었다,'라고 하면 그건 진짜로 미친놈이겠지요.

노자는 더군다나 한문으로 쓰여있는 글입니다. 한문 문장은 그 속성상 어디서 띄어 읽느냐에 따라 해석이 달라질 수 있습니다. 특히 옛날에는 대나무 쪼가리에 글을 쓰는 경우 띄어쓰기를 거의 하지 않고 그냥 내리다지로 이어서 썼어요. 비단 쪼가리에 쓴 경우도 대동소이합니다. 한문 글 좀 안다는 인간들은 그래서 어디서 띄어 읽어서 어떻게 새길 것인지 이런거 가지고 내가 옳으니 니가 그르니 하면서 죽기 살기로 싸우는 경우가 옛날 중국뿐만 아니라 요즘 우리나라에도 상당히 있습니다. 원전에 대한 전체적인 평가를 못하고 자구 해석에만 몰두할 수밖에 없었던, 훈고를 잘해야 출세를 잘해서 잘 먹고 잘 살던 시절에야 어쩔 수 없었다고 하더라도 요즘도 그러면 안 됩니다. 아무튼 해석해 봅시다.

道可道非常道

도가도비상도

이 부분을 나는 이런 의미로 새깁니다. 먼저 도에 대해 알아봅시다. 도란 흔히 말하는 것처럼 어떤 실체Substance가 아닙니다. 도란 천지만물의 운행運行원리를 말하는 겁니다. 여기서 말하는 운행이란 화생化生과 사멸死滅 모두를 포괄하는 개념입니다. 천지 만물 개별체의 활성도, 생명력을 높이는 것을 화생이라고 하고 사멸은 그 반대입니다. 이해하기 쉽게 천지만물 중에서 물과 불을 예로 들어 설명해 봅시다. 물은 높은데서 낮은 데로 흐릅니다. 불은 아래에서 위로 타오르고요. 물은 인간의 조작이 없는 한 위에서 아래로 흐르는 것이 순리이고 경사가 가파르면 빨리 흐르고 경사가 완만하면 천천히 흐릅니다. 반대의 경우란 있을 수 없고 그러면 물이 아닙니다. 불의 경우 아래에서 위로 타는 것을 알기에 우리는 불을 붙이려고 밑에서 부채질을 하지 위에서 아래로 부채질 하지 않습니다. 그러면 불은 꺼집니다. 불이 사멸하는 겁니다. 이렇게 천지 만물의 생명력이 활성화되어 화생하고 또 반대로 사멸하는 원리가 바로 도입니다. 물도 불도 다 도가 있습니다. 그런데 그 도는 각기 다르게 나타납니다. 물의 도와 불의 도가 절대로 같을 수 없습니다. 물의 도와 불의 도가 서로 다르게 나타나지만 둘 다 스스로 고유한 운행원리, 도를 가지고 있습니다. 이처럼 만물의 도는 동일한 하나의 존재, 실체가 아닌 겁니다. 즉, 도란 개별 만물의 생육화생하고 시간이 지나면서 사멸하는 운행원리인데 저마다 스스로 그러한 이치에 따라 다 다르게 나타난다는 말입니다. 도가도면 비상도可道非常道인겁니다. 노자 말씀입니다.

그 다음

名可名非常名
명가명비상명

이것도 마찬가지입니다. 같은 이름으로 부른다고 해서 어제의 그 사물이 오늘의 그 사물과 완전히 동일한 것이 아니고 시간의 흐름에 따라 변화하고 달라지듯이 이름이 그 사물이나 인간, 즉 천지만물의 본질을 고정적이고 동일하게 표현할 수 없다는 말입니다. 이런 차원에서 보면 일단 노자가 앞으로 도를 중심으로 다양한 논의를 할건데 그 전제 조건으로 노자가 말하는 단어의 명칭에(명名)에 너무 억매이지 말라고 말하는 것이라고도 할 수 있습니다. 즉, 일종의 언어 상대주의적 입장에서 앞으로 주로 도라든가 명이라든가 하는 추상적인 개념을 중심으로 논의를 전개할건데 그 단어(명名)가 내가 그 단어를 통해서 말하고자하는 바 의미(실實, 본질)을 모두 포괄하는 그런 절대적이고 완전한 의미의 개념, 명칭이 아니라고 미리 말하는 겁니다. 내가 어떤 의미로 어떤 단어를 말하든 그게 내가 그 단어를 통해서 말하고자 하는 내 생각(實)을 다 담고 있는 그런 단어, 개념이 아니라는, 언어, 명칭, 개념이 그것이 언표하는 대상의 본질을 완벽하게 표징 表徵하는 것이 아니라는 상대적인 입장을 표명한 것이라고도 할 수 있지요. 즉, 노자의 사고의 폭이 그것을 나타내는 노자가 사용한 언어의 폭 보다 더 포괄적일 수 있다는 언명입니다. 즉 어떠한 명도 완벽하게 실을 표현 할 수 없다는 노자의 선언입니다. 항상 변화하는 현실 세계에서는 명실이 상부할 수 없다는 말이지요.

그런데 가만히 생각해 보면 공자도 당시의 현실이 명과 실이 부합하지 않은 것에 개탄하고 그래서 권력을 잡으면 바로 명과 실을 부합시키겠다(정명正名)고 말합니다. 그런데 노자와 공자의 명과 실에 대한 뉘앙스가 다른 것이 공자는 현실적이라면 노자는 보다 원론적이라는 것을 지적할 수 있는데, 공자는 명과 실이 부합할 수 있고, 역사적으로 요순시대에는 명과 실이 부합했다는 그래서 지금도 명과 실을 부합시켜야 한다는 당위론적인 입장이라면 노자는 근원적으로 명과 실은 부합 할 수 없다는 보다 근본적인, 원론적인 사실적 언급을 하고 있다는 겁니다. 노자 사상의 근원인 중국의 역易 사상에서 역易이 과정의 사고라는 입장에서 보면 노자의 이말은 지극히 타당한 언명입니다. 고정된 실체가 없다는 불교의 입장과도 비교해서 논할 수도 있는데 그러면 너무 논의가 광범위해 지니까, 지적만 하고 넘어갑니다.

노자의 명가명 비상명名可名 非常名이라는 언명은 공자가 말하는 정명正名과는 대치되는 개념으로 생각하면 이해하면 편합니다. 공자의 주장은 인간이나 사물을 막론하고 명과 실이 일치하지 않으면, 즉, 명실상부名實相符하지 않으면 안된다는 당위론이라고 할 수 있습니다. 이는 언어 절대주의의 입장이라고도 볼 수 있는데, 인간은 언어를 통해서 사고를 하는 동물이고 그래서 언어가 바로 그 인간의 사고를 그대로 반영한다는 주장입니다. '사랑'이라는 단어의 의미, 실을 모르면 사랑이라는 감정을 느낄 수 없고 말할 수 없다는 견해입니다. 그러나 노자는 미리 언어 상대주의의 입장에서 앞으로 논의를 전개하겠다고 밝히고 논의를 시작하는 거지요. 이 두 입장 중에서 어느 입장이 더 타당한가는 지금도 논란의 대상입니다. 그냥 논의를 전개하는 사람의 선택이라고 보면 편합니다.

노자의 경우 읽다보면 언어, 말에 대한 회의, 불신 이런 뉘앙스가 많이 느껴집니다. 말로 표현 할 수 없는 것을 말로 표현하는 것에 대한 노자의 난감함의 표출이라고나 할까요. 그러나 말을 불신한다고 해서 말을 안 하면 자신의 견해를 나타낼 방법이 없으니 불완전한 말에라도 의지해야 하는 것이 현실입니다. 노자도 5천자를 말함으로서 자신의 생각을 표출할 수 있었던 것이 아닌가요. 명이 실을 완전하게 나타낼 수는 없지만 명을 통하지 않고는 소통을 할 수 없는 것이 인간 사회의 딜레마라고 하겠습니다. 노자는 2천년도 훨씬 전에 벌써 현대의 언어 철학의 화두를 가지고 심각하게 고민하고 있었던 겁니다.

아무튼 그래서 정리하자면 도는 일정한 하나의 실체, 존재가 아닌 겁니다. 서양의 존재론적 사고방식에서 벗어나세요. 불의 도와 물의 도가 서로 다르다는 점에서 바로 도가도道可道면 비상도非常道이고 그렇다고 해서 물이나 불의 도가 서로 달리 나타난다고 해서 물이나 불의 도가 없는 것이 아닌 것입니다.

그런데 이 시점에서 노자의 말을 듣고 있던 한 어린아이가 이런 질문을 합니다. '왜 물은 꼭 높은데서 낮은 데로 흘러야 하나요? 그 반대로 흐르면 왜 안 돼요?' '불도 그렇지 위에서 아래로 타지 말라는 법은 누가 만들었어요?' 그러자 노자가 대답합니다. '자연自然. 스스로 그러한 것이다. 도법道法자연自然이니라. 도는 스스로 그러한 것이지 누가 그러라고 시켜서 그런 것이 아니니라. 도의 근거는 '자연自然(스스로 그러함)'입니다. 지금 말하는 '자연'은 우리가 배운 서양말 네이처를 번역한 '자연'이 아닙니다.

우리가 알고 있는 학교에서 배운 '자연自然'이란 단어는 근대에 만들어진 서양말 네이처를 일본 사람들이 난학蘭學을 하는 과정에서 한자로 번역을 하면서 만든 명사, 조어造語입니다. 글자만 같지 뜻은 서로 다르다고 봐야합니다. 경제經濟, 철학哲學 이런 단어도 근대에 일본사람이 서양말을 한자로 번역을 하면서 새로 만든 단어입니다. 노자에 나오는 자연이라는 단어는 어떤 존재를 나타내는 명사로 쓰이지 않습니다. 무지한 인사들은 노자에 자연이라는 단어가 나오면 무조건 조건반사적으로 서양말 네이처로 번역을 하고 해석을 하는데 정말 극단적으로 무식한 겁니다. 노자에 나오는 자연은 '스스로 그러하다'라고 서술형으로 새겨야 바른 뜻이 통합니다. 앞의 강의에서 지적한 것처럼 노자 25장 말미에 도법자연이라는 어구가 나오는데, 어떤 이는 '도는 자연을 따른다'라고 해석하고 여기서 자연이란 '스스로 존재하는 것, 절대자를 말한다'라고 해설을 하면서 도와 자연을 별개의 '존재'로, 서로 다른 것으로 분리해서 말하고 심지어는 자연을 기독교의 하느님이라고까지 견강부회하는데 이런 해석은 다 무지의 소치입니다. 도법자연이란 어구는 '도는 스스로 그러하다.'라고 새겨야 하는 겁니다. 노자에있어서는 도가 최상위 개념이고 도의 근거는 '스스로 그러함'이다. 비유하자면 서양에서 세상을 하느님이 만들었다고 하자 어린아이가 '그럼 하느님은 또 누가 만들었나요?'라고 물었을 때 '하느님은 그냥 하느님이야, 누가 만든게 아니야, 하느님이 끝이야.'라고 하는 것과 같은 논리입니다.

아무튼 다시 도로 돌아가서, 물과 불이 서로 화생하는 방향이 다른 것처럼 도는 천지 만물 개별자에 따라 다 다르고, 다르게 나타난다. 불은 위로 가고 물은 아래로 가서 서로 눈에 보이는 현상은 반대이지만 둘 다 도가 있고 그 도에 따르며, 순응하는 것은 마찬가지다. 도 자체는 어떤 독립적이고 고정적인 존재가 아니다. 그런데 이렇게 물이나 불처럼 우리 눈에 보이는 것은 그 화생원리를 눈으로 보고 인식, 이해할 수 있는데 눈에 보이지 않는 것의 화생원리나 인간들 사이의 관계, 인간 집단, 사회에 대한 화생원리로 논점이 옮겨지면 이게 문제가 복잡해집니다. 그래서 도에 대한 논의가 중구난방인 겁니다.

그리고 노자의 발화 대상인 소위 위정자, 왕이란 족속들은 수시로 자신의 존재와 힘을 과시하기 위하여 왜 물과 불이 위 아래로 서로 다르게 움직이느냐고 나란히 옆으로 움직이게 하라고 억지를 부립니다. 또 그렇게까지는 안하더라도 인간사가 상황에 따라 어떤 것이 도에 맞는지 몰라서, 무지해서, 아니면 인간 본래의 타고난 이기심의 발로로 인해서 도를 거슬리려고 합니다. 제발 그러지 말라는 노자의 말씀입니다.

잠깐 쉬어가는 의미로 다른 이야기를 좀 하고 가지요. 일반적으로 많은 이들이 노자의 사상을 현실도피적인 사상으로 이해하는데 이는 오해입니다. 역시 극단적으로 무지한 인간들은 노자의 무위, 자연을 아무것도 하지 말고 자연으로 돌아가서 놀자 정도로 이해하는데 왜 이런 오해가 생겼는지 한 번 살펴보지요. 노자나 공자의 사상은 모두 현실의 잘못된 점을 바로 잡고자 하는 노력에서 나온 겁니다. 출발점, 문제 의식은 동일합니다. 그런데 현실 극복의 방법론이 서로 다른 겁니다. 공자는 바람직한 현실의 준거를 역사(춘추春秋) 속에서 찾아 요순시대를 이상적인 사회로 간주하고 그것을 실현하고자 한 것이고, 노자는 그 준거를 천지만물 개별자의 화생생멸원리, 스스로 그러함에서 찾은 것이다. 이 같은 생각의 바탕은 노자의 경우 인간도 천지만물의 하나로서 천지만물의 운행원리에 따라서 움직인다는 중국 고대 역易사상에서 나온 것이고 공자의 경우는 '아니다. 인간은 천지만물과 그 화생원리가 다르다. 인간의 화생원리는 인간의 역사에 있는 것이다.'라는 당시로서는 조금 상당히 획기적인 인간과 천지만물의 관계 설정에 대한 차이에서 온 겁니다.

그런데 제국을 통치하는데 있어서 노자의 방법론보다는 제도화가 용이한 공자의 사상이 채택됨에 따라 노자의 사상이 현실 세계에서 위력을 발휘하지 못하고 유가 사상에 밀려서, 비유하자면 중앙 정계에서 밀려나 시골로 갈 수밖에 없었던 거지요. 그래서 거기서 정착하는 사상이 된 겁니다.

제후국들이 서로 통일을 하겠다고 전쟁을 할 시기에는 백성들이나 관리들의 일탈을 용인하지 않는, 그래서 군기를 중요시하는 법가 사상이 유리하고 통일을 하고 난 다음에는 전쟁에 지친 백성들을 위무한다는 차원에서 그리고 제국을 통일한 정권의 안정과 재정비를 위해서 일시적으로 방임적인 노자 사상이 유리할 수는 있으나 통일된 제국을 안정적으로 장기적으로 관리 유지하기 위해서는 제도화가 유리한 유가 사상이 더 경쟁력이 있었던 것이고 실제로 역사적으로 중국의 한나라가 그런 과정을 거쳤습니다.

역사를 봐도 진시황은 법가를 통해 통일에 성공하여 제국을 세우고 집권했습니다. 천하 통일을 위한 전쟁에는 법가가 유리했던 겁니다. 그러나 통일 후에는 어느 정도 백성들을 위무하고 풀어주어야 합니다. 그래서 진나라가 멸망하고 한나라가 재통일을 한 후 한나라 초기 도학, 황노黃老학이 잠깐 유행을 했던 거지요. 그러나 제국의 지속적인 안정과 관리를 위해서는 사회 제도화가 용이한 유학이 유리합니다. 그래서 한나라 동중서 이후 유가 사상이 국가 통치 사상으로 채택, 확립된 겁니다. 결국 권력 유지와 국가 관리의 효용성 측면에서 상대적으로 효용 가치가 떨어지는 노자사상은 산속으로 도피하여 현실과 유리된 신선 사상으로 발전한 것이 결과론적인 노장사상인 것입니다. 아주 간단하게 노자 사상이 산으로 갈 수 밖에 없었던 이유를 살펴보았습니다

그런데 우리가 공자의 사상과 노자 사상을 서로 비교하면서 논하는 과정에서 항상 잊지 말아야 할 것이 둘 다 모두 태생적 계급을 바탕으로 하는 봉건의 사상이라는 겁니다. 현

대의 학인들이 이들 사상을 논하면서 민중이 어떻고 민주주의의 모습이 보이고 평등사상이 어쩌고 하는 것은 전부 까는 소리입니다. 당시의 모습은 당시 그대로 인식하고 논해야 합니다. 그래야 지금 현실에도 맞추어 재해석을 할 수 있는 것이지 그런 과정을 거치지 않고 논어나 노자의 어느 한 구절을 단장취의斷章取義하여 거기서 민중이나 대중의 개념을 찾으려고 하는 것은 다 무지의 소치이거나 교양서적 팔아먹으려는 사이비 수작에 불과한 겁니다.

도에 대한 분분한 해석의 오류는 서양의 존재론에 기반을 둔 사고 방식에 의해 고정된 존재를 바탕으로 도의 본질을 파악하려고 해서 변화, 흐름조차 존재로 보는데서 나오는 것입니다. 무위無爲라는 것은 우주 만물의 화생원리, 도를 거슬려서 무얼하지 말라는 것이지 아무것도 하지 말고 가만히 손놓고 있으라는 것이 아닙니다. 노자의 발화 대상인 성인은 왕, 통치자를 말하는 것이고, 일반인이나 철학하는 사람을 말하는 것이 아닙니다.

동양 고전 해석의 오류는 고대 중국 서물에 나오는 용어를 근대 일본이 난학蘭學을 하면서 서양말을 한자로 번역하면서 만든 조어를 그대로 단순하게 적용, 이해하면서 해석하고 설명하는데서 생기는 경우가 왕왕 있는데, 그 대표적인 사례가 서양말 네이춰를 번역한 '자연'이라는 단어입니다. 노자 당시에는 이와 비슷한 개념으로 천지만물이라는 용어를 사용했는데 이 천지만물 속에는 인간과 인간이 유위有爲한 인공물들도 포함하는 광의의 개념인겁니다. 그래서 노자에 나오는 자연이라는 단어를 근대에 일본에서 서양말 네이처에 대응하는 개념으로 만든 자연으로 해석하면 바로 삼천포로 빠지게 되는 겁니다.

다시 명가명 비상명名可名 非常名으로 돌아가서 보충 설명을 하자면 이 언명은 공자가 말하는 정명正名과는 대치되는 개념인데, 공자의 이론은 인간이나 사물을 막론하고 명과 실이 일치하지 않으면, 즉, 명실상부名實相符하지 않으면 예, 질서가 성립 될 수 없습니다. 예를 들어 마누라라는 단어의 의미가 애인이라는 단어의 의미까지 함축하고 있거나 애인이 마누라의 의미를 포괄하고 있다면 심각한 사회문제를 야기할 수 있다는 겁니다. 마누라는 마누라고 애인은 애인입니다. 현대 사회에서는 이런 문제를 막기 위해 법적으로 분명하게 규정을 따로 하고 있습니다. 사실혼이냐 법률혼이냐 그냥 불륜이냐를 구분하지 않으면 유산을 놓고 가족들 사이에서도 분쟁이 벌어집니다. 현대의 법률 체계는 공자의 입장입니다. 그러나 현실에서는 다양한 아사미사하고 야리꾸리한 관계가 참 많습니다.

공자가 말하는 예를 분명히 하려면 반드시 그 예가 구체적으로 지칭하는 단어의 의미와 그 단어의 실체, 본질이 일치해야 합니다. 안 그러면 공자의 예는 올바로 실천 될 수 없습니다. 마누라를 상대하는 예와 애인을 대하는 예는 다를 수밖에 없고 달라야 한다는 것이 공자의 주장입니다. 공자는 평생 명과 실의 일치를 위해 노력한 사람입니다. 그런데 노자는 대뜸 현실은 명과 실이 일치하지 않는거라고 단언합니다. 논리를 전개하는 전제가 공자와 완전히 상반됩니다. 마누라라고 소개를 했었는데 나중에 보니 애인이더라 입니다. 노자는 우리 현실은 그럴 수도 있는거야 라고 말하는 겁니다. 애인이라고 부르면 어떻고 마누라라고 부르면 또 어떠냐, 그냥 둘이 서로 사랑하면 되지. 서로 싸우지 않고 사랑하며 붙어먹는다는 게 중요하다는 겁니다. 이게 노자 생각입니다. 공자는 아무리 사이가 안 좋아도 마누라는 마누라고 만날 같이 붙어 있어도 애인은 애인인겁니다.

젊은 세대 용어로 예를 들자면 공자는 어느 여자가 남사친과 배꼽을 한번이라도 맞추면 바로 남친이라고 불러야 한다는 입장이고, 노자는 그냥 여전히 남사친이라고 불러도 되고 남친이라고 부르거나 오빠라고 불러도 상관없다는 입장인 겁니다. 공자는 그 원칙을 지키지 않으면 사회가 혼란이 온다는 입장이고 노자는 어떻게 부르던 그게 무슨 상관이냐, 지들 부르고 싶은대로 부르게 냅둬라 라는 입장입니다. 그래도 세상은 잘 돌아간다 입니다. 현실은 다양할 수 있습니다. 여러분은 어떻게 부르나요? 도덕경을 쓴 노자는 상당히 문학적이면서도 논리적이고 치밀한 사고를 한 사람이라는 것을 유추해 볼 수 있습니다.

그래서 이 두 구절은 일종의 덕경의 근거인 도경 전체의 전제라고 보면 되구요, 여기에서 무슨 대단한 형이상학적인 추상적 의미를 찾으려는 논의는 다 밥 먹고 시간 남고 할 일 없는 공변을 좋아하는 호사가들의 취미 생활이라고 보면 됩니다.

다시 비유하자면 거시기를 거시기라고 할 건데 이 거시기가 모든 거시기가 아니라는 겁니다. 우리말 거시기라는 사투리가 아주 복합적인 의미를 가진 상황에 따라 듣는 사람마다 적절하게 해석할 수 있으면서도 적당히 공감대를 갖게 하는 그런 거시기한 단어인데, 이런 경우 비유하기가 아주 적절한 거시기한 어휘입니다. 이렇게 한마디 해 놓으면 이제 읽는 사람마다 거시기에 대한 생각이 다 다른 겁니다. 읽는 놈의 살아온 경험과 교육과 환경 등에 따라서, 그러다 보니 노자에 대한 해석이 다 다른 겁니다. 아무튼 이제 노자는 앞으로 전개할 논의에 대해 미리 전제를 깔아 놓고 다음으로 본격적으로 말하고 자는 바를 말합니다. 본론 시작입니다.

無名天地之始　　有名萬物之母
무명천지지시　　유명만물지모

이 구절을 한번 보지요. 두 구절이 서로 대비가 되어 있습니다. 저는 이 구절을 읽으면서 불현듯 기독교 성경의 요한복음 첫 구절이 떠오르더군요. 앞에서 제가 강의하고 풀이한 요한복음 첫 구절을 다시 한 번 보도록 하겠습니다.

1. 먼저 처음에, 말(계시)가 있었다. 이 말은 처음 하느님으로부터 나온 것인데 우리는 아무도 하느님을 본적이 없는 고로 이 말을 통해 우리는 하느님을 알 수 밖에 없다. 그래서 이 말이 바로 하느님이라고 하는 것이다. (기존 번역 원문: 한처음에 말씀이 계셨다. 말씀은 하느님과 함께 계셨는데 말씀은 하느님이셨다.)

이 문구를 통해서 요한복음 필자의 사고 구조를 보면 우선 하느님이 있었는데 그 하느님은 인간에게 모습을 보여준적이 없어서 계시, 말로서 하느님을 알려주었다. 그래서 말이 하느님이다라는 의미입니다.

다시 노자로 돌아가서 이름이 없는 것, 무명을 하느님이라고 보면 이 하느님이 천지(여기서의 천지는 기독교에서 말하는 천지창조의 천지로 이해하면 편합니다.)의 시작이요, 말, 말씀, 이름이 있는 것, 유명(有名)이 세상 만물의 어미이다. 즉, 하느님이 말씀으로 세상만물을 태어나게 했다는 것과 유사한 맥락으로 볼 수도 있겠더라구요. 물론 기독교의 하느님은 어떤 '존재'를 상정한 것이고 노자의 무명은 특정한 '존재'가 아니라는 점은 전혀 다른 것이지만요. 또 기독교는 이 둘을 연결하는 매개체로 예수를 상정한 부분이 차이가 있습니다. 요한복음은 이어서 다음과 같이 말합니다.

2. 예수는 사람의 아들, 인자(人子)의 모습으로, 바로 우리 앞에 나타나 하느님의 말을 모든 이에게 전 한 이다. 따라서 우리는 예수가 바로 하느님의 말(계시)이요, 그래서 하느님과 같이 있었다고 하는 것이다. (그분께서는 한처음에 하느님과 함께 계셨다.)

3. 바로 이런 예수의 말로 세상 모든 것이 새로 태어났고(규정되었고) 이에서 벗어난 것은 없다. (모든 것이 그분을 통하여 생겨났고 그분 없이 생겨난 것은 하나도 없다.)

4. 그래서 하느님의 말을 바로 전한 예수의 말로 인해, 만물이 새 생명을 얻었고(새로운 의미로 규정되었고), 이로서 사람들은 세상을 새로 밝게, 바르게 볼 수 있게 되었다. (그분 안에 생명이 있었으니 그 생명은 사람들의 빛이었다.)

노자의 저 구절에서 이름이 없는 것, 무명無名은 이름(유명有名)을 통해서 세상 만물로 구체화 된다, 구현된다는 의미로 보면 요한복음 필자의 사고방식과 노자의 멘탈이 서로 유사하더라구요. (저 구절의 천지天地는 포괄적인 개념이고 만물萬物은 개별자를 지칭하는 구체적인 작은 개념으로 이해하면 편합니다. 천지 안에 각자 다 다른 이름의 나무, 풀 등이 있잖아요. 그걸 말하는 겁니다. 노자 당시에는 요즘 자연, 네이취를 포괄하는 개념으로 천지天地, 물物 이런 단어를 사용했습니다.)

아무튼 노자는 아직 이름 지어지지 않은 것을 무명無名이라고 하고 그것이 개별적인 명칭을 부여 받아 구체적인 세상 만물萬物이 되었다는 식으로 말하고 있습니다. 일종의 천지창조 이야기라고도 볼 수 있습니다. 요한복음 필자도 역시 절대자, 천지창조자로서의 하느님을 상정하고 그 매개체(전달자)인 예수가 하느님의 말씀, 계시를 전함으로 해서 세상 만물이 새로 규정되었다고 말합니다. 그래서 노자는 이 둘을 此兩者同 出而異名, 즉 같은데서 나온 것으로 이름만 서로 다르다고 하고 요한복음 필자는 믿는 이를 하느님의 자녀라고 말합니다. 노자에는 천지창조'자'가 없습니다. 어떤 사람들은 또 '도'에서 만물이 나온다고 하는데 이것도 잘못된 견해입니다.

저는 이 둘을 비교해 보면서 사람들의 생각이라는 것이 크게 다르지 않다는 생각을 했습니다. 사람들은 뭔가 거창한 이야기를 시작하면 꼭 세상만물이 어디서 나왔는가 하는 이야기부터 하는 것 같습니다. 그리고 그 스토리가 비슷합니다. 인간이 생각하는 것이 다 거기서 거기입니다. 말의 힘입니다.

다음 2장은 이렇게 시작합니다.

天下皆知美之爲美, 斯惡已
皆知善之爲善, 斯不善已。

우리말로 풀어 보겠습니다. 저의 풀이입니다.

천하가 다 아름답다고 알고 있는 것도, 만들어진(인위적인, 작위적인, 위爲) 아름다움이면 그것은 추(惡오)한 것이고, 천하가 다 선이라고 알고 있는 것도 만들어진, 인위적인 선이면 그것은 선한 것이 아니다.

여기서 개皆, 모두라는 단어는 공간적인 속성을 나타내는 단어입니다. 그래서 노자는 우선 도덕경 서두에서 시간적이고 공간적인 측면에서 '단일성이라는 것은 없는 것이며, 인위적인 것은 거짓이다'라고 선언하고 있습니다. 즉, 도경 1장에서는 도의 정의와 명의 한계에 대해서 2장에서는 인위, 의도적인 작위에 대한 비판으로 글을 시작하고 있습니다. 그 다음부터는 그게 왜 그런지 그 이유를 다양하게 설명하고 있다고 보면 됩니다. 여기서 장의 구분은 후대의 편의상의 구분입니다. 저도 편의상 기존의 설에 따라 1장, 2장하는 겁니다. 저더러 장을 구분하라고 했으면 조금 다르게 했을 것 같아서 하는 말씀입니다.

논어의 시작과는 상당히 다릅니다. 논어가 공자의 언행의 기록으로 편집자의 의도를 보여주고 있다면 도덕경은 필자가 일인칭으로 직접 비유와 상징을 통해 자신의 앞으로의 논의의 전개에 대해 설명하고 있습니다. 그래서 노자는 후대의 가필과 첨삭이 있었더라도 어찌되었든 통일된 필자의 주장으로 시작하고 있습니다.

이론이 분분한 도덕경의 맨 처음을 아주 간단히 정리해봤습니다. 아무튼 공자나 노자 모두 관심은 치治에 있습니다. 모두 춘추 전국시대, 난세, 혼란스러운 세상에 살았습니다. 그래서 세상을 어떻게 다스려야(治) 평안한 세상이 될 것인가 하는 문제의식에서부터 출발한 겁니다. 두 책이 모두 정치에 관한, 천하, 백성을 다스리는데 대한 방법을 서술한 책이지 형이상학 서적이 아닙니다.

하지만 그 평안한 세상, 대동大同사회를 만드는 방법론이 서로 다릅니다. 공자의 치治의 기준은 요순시대의 예禮에 있습니다. 노자의 치治의 기준은 스스로 알아서 생명력을 활성화 시키는, 화생하는 도道에 있습니다. 예禮는 철저하게 위爲하는-사람이 정하는 겁니다. 반면 도道는 무위無爲(작위가 없는 것)하고 자연自然(스스로 그러함)합니다. 인간의 작위적인 개입 여지가 없습니다. 또 인간이 의도를 가지고 개입해서도 안 됩니다. 그래서 노자의 사상을 무위자연無爲自然이라고 하는 겁니다. 즉, 물은 높은데서 낮은데로 흐르고, 불은 아래에서 위로 타오르는 것이 물과 불의 도이고 그것이 스스로 그러한 것이지(자연) 인간이 개입해서 그러한 것이 아니다. 그 것을 인간이 의도적으로 거스리려고 하지 말아라 라고 하는 겁니다. 어느 무식한 인간들이 말하는 것처럼 무위無爲하고 자연(네이춰 Nature)을 본받자가 아닙니다.

공자는 일일이 아무리 사소한 것일지라도 다 인간이 구체적으로 규칙(예禮)을 정해 놓고(그 기준은 요순시대입니다)-위爲, 그에 맞추어 실천 할 것을 요구합니다. 그러나 노자는 좀 가만 냅 둬라-무위無爲, 가만 냅 둬두 다 알아서 스스로 잘 돌아가는-자연(自然)인거야 입니다. 요즘 말로 하면 공자는 인간 위주의 사고방식이고 노자는 범 우주론적인 사고방식이라고도 생각할 수 있습니다.

저는 여기서 이런 생각을 잠깐 해 봅니다. 왜 공자의 인간 위주의, 모든 것을 인간이 중심이 돼서, 인위人爲해야 한다는 생각과 사고의 전통이 통치 철학, 예에 머물고 네이춰(자연물)를 인간의 편의를 위해서 조작, 인위人爲해야 한다는 서양의 근대 철학의 방향으로까지 발전하지 못했을까가 궁금합니다. 나름 생각해 본 것은 있는데 이 문제는 여기서 논의

하기에는 방향도 다르고 좀 거창한 문제라서 나중으로 미루기로 합니다. 유가사상의 인위가 왜 통치철학에서 시작해서 주희의 형이상학에 그치고 실제 사물, 자연과학에까지 확대되지 못했을까 아직 분명한 답을 구하지 못했습니다. 혹시 누가 알고 있으면 저의 지적 안계를 좀 넓혀 주세요.

도덕경을 해석하면서 개개의 자구 해석에 매달려서 온갖 잡설을 늘어놓은 책들을 보면 노자가 말하는 명名에 매이지 말라는 맨 처음 구절부터 무시하고 있는 것 같습니다. 공자나 노자나 다 그렇게 아둔한 사람들이 아닙니다. 그래서 논리도 일이관지一以貫之하고, 생각도 명료하고 표현도 정확합니다. 논어와 달리 노자의 경우 비록 비유와 상징 형식으로 점철되어 있지만 당시나 지금 식자識者라고 하는 사람들이 이해를 못 할 정도로 난해하게 쓴 신비서거나 기오막측한 책이 아닙니다. 공연히 읽는 사람들이 전체를 못보고 부분적인 것에 집착해서 공변空辯을 하는 겁니다. 사람들은 쉽게 이해시켜주면 공연히 의심하는 버릇이 있어요. 본인 머리로 이해를 못해야 무언가 대단한 것이 있는 줄 알아요. 노자나 공자나 모든 고전은 단장취의斷章取義하지 말고 큰 맥락에서 전체적으로 이해할 필요가 있습니다.

공자나 노자나 생각하는 방법에 대해 이야기했는데 후대의 학인들은 그 방법론을 가지고 당시 상황에 맞추어 생각한 내용을 놓고 지금 현대의 가치 기준에 맞추어 그 내용이 옳으니 그르니 하고 있습니다. 그러면서 어떻게 하던지 옳다고 우기는 겁니다. 그러다 보니 논변이 비비 꼬이고 억지를 부릴 수밖에 없는 겁니다.

노자 같으면 한 구절 한 구절씩 뜯어보면 사람마다 다 다르게 해설하지요, 그러니 강의하는 시간도 오래 걸려서 시간 남는 사람들이 모여 앉아 공변, 쓸데없이 구라 피우기 딱 좋은 텍스트입니다. 뭐 대단한 진리나 지혜, 심각한 내용이 있는 것 같거든요. 한 번 읽어 본 사람들은 누구나 느끼는 것처럼 붓글씨나 제법 쓴다는 이들이 화선지에 그리기 좋은 폼 나는 문구들이 좀 많습니까. 누구는 이러고 누구는 저러고 그러면서 공연히 폼 잡으면서 한자 좀 안다는 유식함을 자랑하는데는 아주 유용한 적절한 텍스트입니다. 저도 연말 연초에는 노자에 나오는 도법자연道法自然, 천장지구天長地久나 상선약수上善若水같은 문구를 가지고 화선지를 더럽혀 주위에 나누어 주고는 합니다. 개폼 나잖아요.

아무튼 도덕경의 경우, 당시의 통치자들, 왕의 입장에서 보면 노자의 생각은 아주 위험하고 불순한, 불온한 사고입니다. 극단적으로 말하면 인위적인 통치를 하지 말라는 말과 같으니까요. 그러나 공자의 생각은 통치를 꼼꼼히 잘 하되 예禮, 요순시대의 기준에 맞추어서 하라는 입장이거든요. 왕의 입장에서 보면 나라를 효율적으로 관리하기 위해서는 공자의 주장을 수용하는 것이 훨씬 수월하고 명분도 좋습니다.

그래서 나중에 중국의 통치 철학으로 채택된 것도 공자의 생각이구요. 노자의 생각은 결국 왜곡되어 산속으로 들어 갈 수밖에 없었던 겁니다. 노자의 출발도 어디까지나 당시의 춘추전국시대의 혼란을 어떻게 잘 다스릴 것인가 하는 현실에 입각한, 기반을 둔 통치 철학이거든요. 그런데 나중에는 결국 산속으로 밀려들어갔습니다. 이점에서 장자와 출발점이 다릅니다. 노장 사상이라고 하나로 엮어서 취급되지만 서로 출발점, 문제의식이 다릅니다. 이 이야기는 또 하나의 책의 주제가 되는데 여기서는 역시 지적만 하고 추후로 미룹니다.

겉으로 보면 일단 노자의 주장은 공자의 생각에 대한 안티테제로 나온 것처럼 보입니다. 그러나 당시 공자의 사상이 그렇게 중요하게 취급받지도 못하고 큰 이슈가 못되었다는데 주목하면(크게 취급을 받았으면 공자가 유리걸식을 안했을 것이니까요) 노자의 주장은 당시 전횡을 일삼던 왕들의 일반적인 통치 방식에 대한 저항, 안티테제로 보는 것이 자연스럽습니다. 그래서 노자가 비유와 상징으로 글을 쓸 수밖에 없었는지도 모릅니다. 공자와 노자를 서로 엮어서 당시에 무슨 교류가 있었던 것처럼 이야기하는 것은 아마 후대에 이 두 사상이 서로 대비되고 상호 영향력을 발휘한데 따라 후인들이 만들어낸, 각색한 이야기일 가능성이 농후합니다.

공자나 노자 모두 다 당시로서는 평민이 아니요, 지식인 식자층이었습니다. 그것도 상당한 수준의 높은 지식을 가진 먹물에 속하는 부류입니다. 이들 모두 그 발화 대상이 당시의 지식인 계급이나 통치자들이지 무지렁이 평민이 아닌 것을 생각해 볼 때 이들의 사상에서 무슨 요즘 이야기하는 대중성, 민중성을 같은 것을 찾는 다는 것은 무리입니다.

그런데 또 조금 생각해 볼 것이 세상에 물산物産이 모자라면 우두머리가 되는 인간이 통제, 관리를 강화해서 골고루 나누어 먹어야 할 것이고, 물자가 넘치면 굳이 어느 누가 관리, 통제를 안 해도 각자 알아서 지가 뿌리고 지가 거둔 것을 가지고 잘 먹고 잘 살았을 겁니다. 그런 차원에서 보면 공자의 생각은 물산이 부족한 지역에서 나올 수 있는 사상이고 노자의 사고는 물산이 풍부한 지방에서 나올 수 있는 사상일 가능성이 높습니다. 꼭 자연 지리적 조건뿐만 아니라 인위적으로 각 지역의 물산이 어떻게 다르게 관리, 배분되었는가 하는 것도 생각해 볼 수 있습니다. 통치를 하는 자의 분배 원칙에 따라 인민들에게 돌아갈 물자의 양이 달라졌을 것이니까요. 공자와 노자의 사상적 차이는 이런 다양한 배경에 따라 여러 가지로 나올 수도 있는 겁니다.

그런데 저는 이런 생각을 해 봅니다. 공자나 노자도 분명히 현실 문제를 해결하기 위해, 난세를 바로 잡기 위해 문제의식을 가지고 해결책을 모색한 건데 왜 한 사람은 그 기준을 과거(요순시대)에서 찾고 한 사람은 우주, 천지만물 화생의 법칙에서 찾았을까요. 왜 마르크스처럼 아직은 알 수 없지만 언제인가는 인간이 성취하고 만들어 가야할 미래에서 찾아 볼 생각을 안했을까요. 분명 마르크스는 새로운 사회를 꿈을 꾸었는데 공자나 노자는 과거와 현재에서 그 기준을 찾았을까요.

공자의 머릿속에 들어갔다가 나오지 않는 한 알 수 없겠지만 유추하건데 아마 공자는 과거에 이미 있었던 것이니까 당시에도 그대로 실현할 수 있다고 사람들에게 설득하기 쉬울거라고 생각했을 것 같아요. 명분을 내세우기도 편하고 전혀 없었던 어떤 것을 상정해 놓고 그리로 가자라고 하면 사람들이 불안해 할 거 아닙니까.

노자의 경우도 당시 춘추전국시대, 하루도 편할 날이 없었던 세월, 전쟁으로 백성들은 부역나가고 소출은 세금으로 다 뜯어가고 하던 상황에서, 천지만물이 돌아가는 것을 봐라 인간들이 난리 친다고 태양이 빨리 뜨며 심어 놓은 곡식이 빨리 자라더냐, 그러니 천지만물이 각자 다 나름대로 생육 화생하는 원리, 도가 있으니 가만 좀 냅둬라. 인위적인, 작위적인 통치 행위를 하지마라. 이게 사실 노자 5천자의 핵심이 거든요.

역시 사람들이 눈으로 관찰해 보면 바로 알 수 있잖아요. 인간이 난리 브루스를 친다고 봄이 빨리 오며 겨울이 더디 가겠습니까. 다 천지만물, 계절이 돌아가는 순리가 있는 거지요. 때가 돼야지 뭐가 이루어지는 거지 인간이 재촉한다고 빨리 돼는게 아니잖아요. 벼가 빨리 자라라고 손으로 이삭을 잡아 뽑으면 벼이삭이 죽잖아요.

그런데 이런 공자와 노자, 그리고 마르크스의 사고방식의 차이가 동서양의 사고의 차이를 가져 오고 서로 교류가 한정되어 주고받는 영향력이 제한되어 있을 때는 상관없지만 본격적으로 교류가 늘어나고 상호 영향력을 직접적으로 행사하면서부터는 동양이 서양에 복속될 수밖에 없는 그런 결과를 가져 온 것 같아요.

지금은 사실 동양이라는 것이 지리적으로만 존재하지 모든 면에서 서양에 복속되어 있잖아요. 정치체제, 과학 기술 모든 생존 조건이 서양의 기술문명에 의존해 있고 경제체제에서도 중국조차도 잘 먹고 잘 살자고 경제적으로 미국 달러 경제체제의 하부 구조로 자발적으로 편입되어 있는 상태에서 동양이라는 것이 과연 어떤 의미를 갖는지 심각하게 반성해 봐야 할 것 같습니다. 동양사상이, 공자, 노자가 심오하다고 혼자서 아무리 떠들어 본들 상대방에게 영향력을 미치지 못하고 상대가 인정을 안 해주면 무슨 소용이 있습니까.

심지어 동양사상조차도 서양에서 더 심층적으로 연구가 되고 있는 실정이잖아요. 서양 놈이 동양에 와서 동양대학에서 동양사상 연구해서 동양철학으로 박사학위 따서 서양에 가서 동양철학 강의하는 경우가 많습니까, 아니면 동양 놈이 서양에 가서 동양사상 연구해서 박사 학위 따서 다시 동양에 와서 강의하는 경우가 많습니까. 우울한 현실입니다. 서양의 눈을 거친 동양을 배워 와서 동양을 가르치면 그게 과연 진짜 동양 사상일까요. 하지만 사람들은 하버드 연경학사에 갔다 왔다고 하면 우러러보고 동양학 하는 학인들이면 한 번 못 가봐서 안달합니다.

노자나 공자의 사상이 앞으로 살아남아 우리사회를 발전시키는데 일조하려면 공자가 말하는 인이 인간 본연의 인성 人性이라는 식의 형이상학적 원리론적 주장에서 벗어나 미래 사회를 위한 가치 구현에 어떻게 노자나 공자의 생각과 사고방식이 방법론, 기능론적으로 기여 할 수 있는 지를 연구하는 것이 훨씬 더 바람직 할 겁니다. 오리엔탈 취향이 있는 서양 학인들의 일부가 서양사상의 한계를 보완하기 위해서 또, 취미 생활로 동양사상에 대해 기웃거리면서 한두 마디 해주는 것을 대단하게 생각하고 그 장단에 춤 출 필요는 없습니다.

이는 꼭 공자나 노자의 사상에 국한되는 것만이 아니라 그 동안의 동양을 운영해 오던 모든 원리들에게 모두 해당되는 것으로 불교도 마찬가지입니다. 근대 이후 지구가 단일 영역으로 통합되면서 그동안의 동양적 사고방식이라는 것이 단기간에 경쟁력을 상실하고 삶의 모든 영역에서 서양의 방법론이 지배하고 있는 지금 오리엔탈 취향에 젖은 서양인이 던져주는 떡밥이나 받아먹고 만족하거나 한문 자구나 해석하면서 자위행위에 밤을 새워 봤자 생산되는 결실은 없을 겁니다. 동양학하는 학인들은 근본적으로 바탕에서부터 들러 엎고 새로 시작해야합니다.

노자 생각을 공자와 비교하며 알아보다.

탈공산방에서

2부

잡담雜談

12강

보살과 마구니

보기에 따라서는 좀 진지할 수도 있는, 학문적인 주제를 가지고 너무 진지충 흉내를 내는 것 같아 오늘은 좀 가벼운 이야기를 해볼까 합니다.

간만에 친구가 주지로 있는 교외의 사찰에 드라이브 삼아 놀러 왔습니다. 귓전을 스치는 바람이 삽상하니 좋습니다. 아랫목 뜨싯한 주지방에 퍼질러 앉아 그윽한 향기의 차를 마시며 시답잖은 객담을 주거니 받거니 낄낄거리고 있는데 시봉

侍奉드는 시자侍子가 와서 '아무개 보살님이 오셔서 뵙자고 하는데 모실까요?'하고 묻길래, 거사가 아니고 보살이라는 말에 내가 먼저 귀가 번쩍 뜨여 '얼른 뫼시어라'하고 주지 대신 명령을 내립니다. 그리고는 얼른 주지 친구 얼굴을 보며 눈으로 묻습니다. '보살이냐, 마구니냐?' 우리 주지스님 내가 묻는 말에 대답은 안하고 갑자기 정색하고 은근한 얼굴과 자상한 음색으로 '아무개 보살님 어서 오십시오' 합니다. 내가 피해 줄까 하는 눈치를 보이며 일어나려는데 주지스님 얼른 바지가랑이를 잡아 다시 주저 앉힙니다.

화사하게 치장을 한 보살님이 한 손에 밍크코트 걸치고 들어옵니다. 다향 그윽하던 방에 갑자기 향수 냄새와 호르몬 냄새가 가득 찹니다. 머리가 어찔합니다. 그러고 보니 나도 언젠가 한번 수인사한 기억이 있는 보살님입니다. 주지스님 향해 삼배 하더니 저 한테도 화사한 미소를 던집니다. 저도 속으로는 '마구니로구나~' 그러면서 겉으로는 그윽한 미소와 함께 합장, 답례합니다. 삼자가 다상을 마주하고 앉아 더불어 주거니 받거니 안부 묻고 잡담하는 시간을 한참 갖습니다. 주지 스님이 손수 은주전자에 물을 뎁혀 우려주는 세작을 청자 찻잔으로 서너잔 비우더니 우리 마구니 보살님 핸드백에서 봉투 하나 꺼내서 주지스님 앞으로 밀어 놓으며 먼저 일어서는 결례를 범한다며 다시 한 번 화사한 미소와 복합적인 다양한 냄새를 뿌리면서 일어섭니다. 봉투를 본 나는 얼른 속으로 '진정 천상에서 하계하신 보살님이시로구나.'하면서 저녁 시간에 우리 친애하는 주지스님과 더불어 곡차를 할 생각에 벌써부터 마음이 흐뭇해집니다.

보살님 벤츠가 산문 밖으로 멀어지는걸 확인하고는 우리는 다시 잡담 모드로 원위치합니다. 오늘 천상으로부터 보살님 강림하사 용돈이 들어 왔으니 저녁에 곡차 하자고, 아무개 마담이 너 보고 싶어 한다고 열심히 꼬십니다. 우리 주지스님 보살님 아니고 마구니라고 말은 하면서도 봉투는 얼른 챙깁니다. 우리는 잠시 보살과 마구니의 차이가 무엇인지 현대 사회에서 도를 닦는 다는 것이 왜 어려운지 진지층으로 돌아가서 토론을 합니다. 제가 너무 진지하게 이야기를 하니 갑분싸해집니다.

부처님 모신 사찰이라는 장소의 의미와 부합하게 우리는 조금전에 다녀간 보살님이 마구니인지 보살인지 놓고 토론합니다. 그래서 왜 금욕을 서약한 성직자조차도 인간 암컷을 만나서 순간 여건이 조성되면 인간 수컷이 돼서 바로 무너지고 마는가 하는 문제를 놓고 진지모드로 설왕설래합니다. 그래서 저는 주지스님에게 지난 6강의 연속선상에서 강의를 합니다.

인간을 포함한 동물의 성 욕구는 오래된 진화의 산물로 이성으로 자의적으로 그렇게 쉽게 통제되는 것이 아니다. 신체의 성적 반응은 우리 의식이 동의하거나 말거나 상관없이 독자적으로 움직이는거다. 생물학적으로 성적 욕구 행위의 반응 과정을 보면 자극이 가해지면 바로 우리 두뇌에서 특정한 호르몬이 배출되고 그러면 바로 행동유발이 되는데 그 전개 과정에서 인간의 이성이 개입할 여지가 거의 없다. 이것은 어느 한 성의 문제가 아니고 양성 모두에게 해당되는데, 신체가 반응을 한다는 것이 바로 합리적 판단 의식의 동의를 의미하는 것이 아니다. 많은 경우 남성이 여성에게 행위를 하면 그 과정에서 여성의 몸이 반응을 할 경우 그것이 의식의 동의를 의미한다고 말하는데 이는 인간에 대한 무지에서 오는 오해라고 설명해 줍니다.

사람들은 흔히 사랑의 감정이 심화되어서 성 행위로까지 진전된다고 생각하는데 조금은 아닙니다. 이미 임상적으로 밝혀진 것처럼 인간이 자비로움이나, 사랑의 감정을 느꼈을 때 두뇌에서 배출되는 호르몬과 성욕을 느꼈을 때 배출되는 호르몬은 전혀 별개의 호르몬입니다. 단적으로 수컷들은 한창 호르몬 분비가 왕성하던 시절 누구나 경험해 봐서 알다시피 행위의 대상에 대한 사랑의 감정과는 전혀 별개로 행위자체를 즐겁게 한 경험이 다들 있지 않습니까. 안 그런 수컷이 있으면 손들어 보세요. 솔직하게. (음, 없군요. 이 이론은 이제 검증된 겁니다. 검증된 이론을 진리라고 합니다.) 이런 사실은 우리 조상들도 경험적으로 이미 체득하고 있는바, 남녀칠세부동석이라는 말이 왜 나왔겠습니까. 2차 성징이 발현되기 시작하면 여건만 조성되면 이성적인 판단과 무관하게 사고를 치게 되어 있는 것이 기나긴 진화의 과정 속에서 정착된 인간 생존 번식 본능입니다.

그런데 인간이 사회화 과정을 거치면서 갈수록 사회가 분화되고 복잡해지면서, 더구나 기존의 수컷이 생존을 위한 물적 자원을 조달하고 암컷은 새끼를 기른다 라는 고전적 규범이 깨진 이후, 특히 우리나라의 예를 들 경우 IMF 사태 이후 수컷들이 생존을 위한 물적 자원 조달에 장애를 겪으면서, 대신 암컷들이 물적 자원 조달 현장에 적극적으로 투입되면서, 새끼를 기르는 행위가 생존에 장애가 되는 한편, 암컷들이 물리적 독자 생존이 가능해 지면서, 수컷에 생존을 의존할 필요성이 없어지고, 그러다 보니 위에서 말한 고전적 의미의 결혼도 불필요해 지고, 당연히 새끼 만드는 일에도 관심이 없어지고, 결국은 생식은 안하고 생식 행위만 필요해 지는데, 이것이 결혼이라는 강제 조건이 없다보니(특정 대상과 결혼하면 그 다음부터는 남의 눈치 볼 것 없이 마구해도 되는데), 불특정 타인과의 생식행위가 위험부담이 큰 번거로운 행위로 인식되어 수시로 마음대로 못하게 되고, 그 결과 성욕혈만 쌓이고, 그래서 성간의 갈등이 유발되고 있는 것이 작금의 상황이라고 한참 설명을 합니다. (이게 요즘 결혼 연령이 늦어지고 인구증가율이 감소 추세에 있는 이유입니다.- 한 문단을 한 문장으로 썼네요. 도대체 몇 자를 쓴거야. 500

자 넘게 한 문장으로 썼군요. 그래도 비문은 아니네요. 다행입니다. 한 번 심심해서 몇 자나 한 문장으로 쓸 수 있나 실험해 봤습니다.)

아무튼 절집에 왔으니까 다시 도 닦는 문제로 돌아와서, 절집 같으면 대웅전 보시함에 시주 하는 것 외에는 도량에 보살들이 얼씬 거리지 못하게 해야 합니다. (일단은 스님들도 먹고는 살아야 하니까, 보시함까지 접근 하는 것은 어쩔 수 없지만) 식보살들도 필요 없습니다. 청정 도량에 이상한 보살들이 와서 호르몬 냄새피우고 다니면 안 됩니다. 마구니입니다. 그러다 보니 은처승이 생기고 요즘 고승 대덕이 안 나오는 겁니다. 도의 길로 들어섰으면 자만하지 말고 주위를 성찰하고 관리를 잘하는 것이 도의 경지가 높아지는 지름길입니다. 나는 어떤 상황에서도 흔들리지 않는다고 자신 있게 호언하던 수행자들도 여자들이 호르몬 냄새피우는 것에 즉각적, 본능적으로 반응해서 환속하거나 파계하는 것을 심심치 않게 봐와서 하는 말입니다.

이는 사제들도 마찬 가지입니다. 사제관에 자매님들이 얼씬거리면 안 됩니다. 식복사도 필요 없습니다. 혼자서 밥해먹지 못하겠으면 차라리 라면 먹거나 외식 할 것을 권합니다. 사고 치지 말고. 사고라는 것이 치고 싶어 처지는게 아닙니다. 한참 전 어느 자매님이 나름 성실한 사제분인데 갑자기 '저도 왜 이러는지 모르겠어요.'라면서 생식 본능이 발동을 하더라고 미투 하는 것을 TV에서 봤습니다. 성직자도 한창 때면 자극만 주어지면 바로 뇌에서 정상적으로 호르몬 배출이 되는 동물 수컷에 불과합니다. 공연히 옆에서 얼쩡거리면서 자극하면 안 됩니다. 성직자에 대한 기본 예의가 아닙니다. 무지해서 자극을 가하는 편이 사탄인 겁니다. 성직자 가까이 옆에서 얼쩡댄다고 해서 천당 가고 극락 가는거 아닙니다.

그러고 성직자들도 적어도 일단 금욕을 선택 했으면 뇌에서 호르몬 방출이 될 수 있는 여건, 주변 환경을 만들면 안 됩니다. 자극을 차단해야합니다. 그게 수양입니다. 도의 경지이구요. 도의 경지가 높다는 것이 자극이 와도 반응을 안 한다는 것이 아닙니다. 그건 정상적인 인간이 아닌 겁니다. 도리어 불구자에 가까운 겁니다. 밥 먹고 똥 싸는 것과 자극이 가해지면 뇌에서 호르몬이 방출되는 것은 같은 차원의 것입니다. 도를 통해도 인간은 인간인 겁니다. 도의 경지는 단순한 극기克근가 아닙니다. 그러니 자극이 올 수 있는 상황을 만들지 않는 것이 바른 현명한 처사입니다.

모든 인간에게 생식 본능에 따른 욕구는 제거의 대상이 아니라 관리의 대상인 겁니다. 그러니 각자 처한 상황과 문화에 따라 적절하게 잘 관리하면 되는 겁니다. 중동 지방에서는 일처를 취하든 삼처를 취하든 상대방을 평등하게 대해 줄 수 있는 능력만 있으면 상관없습니다. 요즘도 우리나라의 경우 이처를 취하면 욕을 먹지만 잡음과 소문만 안 나게 관리만 잘하면 일처에 두 애인을 가지고 있다고 해서 누가 뭐라고 합니까. 이건 여자의 경우도 마찬가지입니다. 글 읽는 여성분들은 발끈하지 마세요. 평등한 겁니다. 세상이 그만큼 변한 겁니다.

마구니와 사탄을 꾸짖다.

탈공산방에서

13강

글쓰기 그리고 책 이야기

지금까지 저는 사실 남의 이야기만 해 왔습니다. 논어는 공자 말씀이지요, 요한복음은 예수 이야기지요, 불교는 부처님 이야기구요, 도덕경은 노자 생각입니다. 정작 글 쓰는 나 자신의 생각, 이야기는 없습니다. 저는 소싯적부터 각주가 없는 책을 쓰고 싶었어요. 물론 직업적으로 논문이라는 것을 써야하는 경우라면 각주가 많으면 학문적 성실성은 담보할 수 있겠지만 이는 창의성과는 또 다른 차원의 이야기입니다.

그래서 언젠가는 각주가 없는 내 이야기, 원전을 쓰겠다고 생각했는데 그게 기약이 없는 겁니다. 그래서 내키지는 않지만 우선 백번 양보해서 남의 이야기에 의탁해서 자신의 이야기를 하는 부족함을 보이고 있는 겁니다. 그러면 글감이 많으니 글 쓸 내용도 많잖아요. 팔만대장경 해설해 보세요. 팔만대장경보다 더 많은 책이 나오지. 또, 남이 한 말 정리, 해설하고 시비 거는 것만큼 쉬운 일이 어디 있습니까. 그래서 책방에 가보면 대다수 책들이 고전, 원전을 제외하고는 다 자신의 이야기를 쓴게 아니라 남의 말을 다시 옮겨 놓은 데 지나지 않아요.

철이 없고 아무 것도 모를 적에는 한 5백 쪽이 넘는 책만 보아도 글쓴이가 대단해 보이고 감탄사가 저절로 나왔었는데 이제 그 매커니즘을 알고 난 이후에는 도리어 시간이 아깝다는 생각이 들어요. 내 이야기할 짬도 별로 없는데 어느 세월에 남 이야기로 시간을 보냅니까. 물론 책 써서 입에 풀칠하는 사람들에게는 그 일이 생존과 관련이 있으니 당연한 노동의 산물이겠지만 생계를 다른 노동에 의존한 이후로는 두꺼운 책을 쓴다는 것만큼 부질없고 골치 아픈 일이 없더라구요.

사실 가장 지고지선至高至善의 길은 본인은 말만하고 글 나부랭이같은건 애초에 안 쓰는 겁니다. 공자도 그랬지요, 예수도 그랬고요, 부처님도 마찬가지입니다. 생전에는 그냥 노숙자 비슷한 제자라는 인물들 여러 명 거느리고 여기 저기 배회하면서 생각나는대로 중언부언 이말 저말, 말만하다 죽는 겁니다. 그러면 사후에 제자들이 알아서 쓸만한 말과 행동을 추려서 복원해서 우상으로 만들어 줍니다. 이게 최고입니다. 으뜸입니다. 좀 춥고 배고픈 경우가 있어서 그렇지 그것만 감수하면 왔다입니다.

사실 대학에서 강의해서 밥 먹기 위해 학위 따려고 박사논문을 쓰는 것이 아닌 다음에야 남의 말이나 글에 바르니 그르니 이런 뜻이니 저런 뜻이니 하면서 해설하고 시비곡직 是非曲直을 가리는 것만큼 초라한 일이 없습니다. 현대 사회는 그런다고 자신의 인격이 고양되거나 아는 정보의 양이 과시 되는 그런 사회가 이미 아닙니다. 두꺼운 책을 쓰는 사람들한테는 조금 미안한 이야기지만, 아무튼 내 생각은 그렇습니다. 엄밀하게 말하면 그런 책은 남의 주장을 정리하는 책이지 자기주장을 하는 책이 아닙니다. 그런데 저도 그런 범주를 못 벗어나고 있어서 한심한 겁니다.

그래서 저는 법정 스님이 돌아가시면서 '나 죽은 후에는 그동안 내가 썼던 책을 더 이상 펴내지 말'고 했을 때 참 신선한 충격을 받았습니다. 생전에는 불도를 수행하는 불제자로서 중생제도의 의무를 다하기 위해 다양한 방편으로 글도 쓰고 강연도 하기는 했지만 이제 세상에서 사라지면서 그동안 남겼던 흔적을 다 없애 버리라는 유언이 그동안의 여느 사람들의 죽을 때의 모습과는 달라보였던 겁니다. 참 신선했어요. 다 털고 가는 모습이 참 클리어해 보이고 우아한 삶이라는 생각이 들더군요. 부처님, 예수님, 공자님 다음으로 격이 높은 삶입니다.

그런데 지금 살아생전에 미리 쓰는 유고집이라고 해서 남은 일부러 없애버리는데 저는 그나마 무언가를 남기겠다는 어리석음에 그동안 여기저기 두서없이 싸질렀던 글들을 모아 정리하고 있는겁니다. 격이 떨어져도 한참 떨어지는 그런 삶의 모습이죠. 이런 생각을 하면 참 내 자신이 초라해 보이고 우울해져요.

책을 읽을 때도 마찬가지입니다. 예전에는 책도 참 많이 사서 모으고 읽으면서 메모도 하고 그랬거든요, 그런데 어느 순간 무슨 글 쓰려고 메모장을 들여다보니 전부 다 남의 소리요, 내 말은 하나도 없었습니다. 그래서 순간 기분 나빠서 쌍욕하면서 다 버렸습니다. 책도 그래요. 다 남이, 그것도 그 책을 쓴 필자 자신이 아닌 또 다른 남의 이야기를 해 놓은 책들이 거의 99%입니다. 사실입니다. 책방에 가서 한번 보세요. 이런 저런 관심을 가진 주제에 대해 무언가 알아보려고 책을 찾아보거나 구해서 보면 잡다한 정보, 개별적인 지식은 많이 얻을 수 있는데 정작 그 주제에 대한 글쓴이의 독자적인 주장이 들어 있어서 참고할 만한 책은 참 드물어요.

그래서 더 이상 가치 없는 독서로 시간 낭비하지 말자고,

이런 책은 이제 그만 보자고 마음먹고 이사를 하면서 한 번 천여 권이 넘는 책을 몽땅 버린 적이 있었습니다. 그야말로 폐기처분해 버린 겁니다. 중고책방 알라딘에 신고가서 팔아 먹었으면 술값이나마 쏠쏠하게 남았을텐데 그냥 왕창 분리수 거를 해버린 겁니다. 종이 쓰레기 정리하던 아파트 관리인이 '너 망했구나, 아니면 미쳤구나.'하는 표정으로 쳐다보더라고 요. 한편으로는 홀가분하기도 하고 또 한편으로는 좀 아쉽기 도 하더군요.

그 다음부터는 책을 사는데 아주 조심했습니다. 필요한 책이 있어도 여간해서는 안사고 도서관에서 빌려 보고 그랬 습니다. 물론 집구석이 좁아지고 서재로 쓸 공간이 없어서도 그랬지만 아무튼 남 선물로 주는 책 아니면 거의 안사고 버 렸습니다. 그랬더니 용돈도 절약되고 좋더라고요. 그런데 인 간의 습관이라는 것이 참 무섭고 드러운 것이라서 제 개인 연구실에서 신호등 하나 건너면 알라딘이라는 중고책방이 있 는데요, 처음에는 일부러 외면하고 출입을 안 했는데 시간이 남아도는 어느 날 시간 때우러 들어갔다가 그만 책 사던 버 릇이 다시 도저 이제는 습관이 되고 말았습니다. 하루에 30 분 정도 밥 먹고 소화도 시킬 겸해서 출입을 하는데 간혹 보 면 참 탐나는 책들이 중고책으로 나와요, 요즘 책값이 좀 비 쌉니까. 그런데 중고책이다 보니 책값도 정가의 절반 정도에 불과합니다. 그러다 보니 유혹을 이기지 못하고 한 권 두 권

사게 되는 거예요. 그래서 궁여지책으로 요즘은 재미난 책은 얼른 대충 보고 다시 천원에 되팔고 두고 볼 가치가 있는 화보집이라든가 사진집 같은 것들은 연구실 한 쪽 구석에 모셔 두고 틈 날 때마다 들쳐봅니다.

그런데 책을 왕창 한 번 버릴 때도 그나마 못 버리고 아직도 한쪽 구석에 박스로 쌓아 놓고 있는 책이 있는데요, 이제는 거의 골동품 수준의 책들입니다. 언젠가는 한 번 김삿갓 김 병연이라는 사람의 시세계에 대해 글을 써보리라 생각하고 모아놓은 김삿갓 시집의 다양한 판본들과 해방 후 정치적 혼란기에 나온 다양한 이념서적들, 박두진 시집을 비롯한 몇몇 시집들의 초판본들, 다들 종이는 누렇게 변색되고 출판년도는 내 생년보다 더 오래된 책들인데 차마 버리지 못하고 끌고 다닙니다. 이제는 미련을 버리고 서지학적 자료로 필요한 사람들한테 주고 싶은데 마땅한 데가 없네요. 김삿갓 시집의 다양한 판본들은 지방대학에서 국문학 연구하는 선배가 술 사주면서 자기 달라고 꼬셨는데도 안주고 버렸는데 지금은 그냥 줘버릴걸 하고 후회하고 있습니다.

다음 생에서는 각주 없는 내 책을 쓸 수 있기를 기원하며

탈공산방에서

14강

국악 창부타령 이야기

유고집이라는 것이 이미 헤어진 사람(여기서는 앞으로 헤어질 사람이지만)의 다양한 면모를 보여주기 위한 책인데 그동안 너무 딱딱한 이야기만 했습니다. 그래서 이번에는 진짜, 공변을 버리고 사적인 재미있는 이야기를 해보렵니다.

저는 음치올시다. 그래서 지금도 노래방 가는 것을 고자가 이쁜 여자 손에 이끌려 여관방 가는 것만큼이나 싫어합니다. 그런데 귀는 밝아요. 그래서 귀명창 소리는 또 듣고 삽니다. 이런 내가 좋아 하는 노래가 있으니 우리 국악 중에 창부타령입니다. 국악 하는 이치고 창부타령 한 소리 안하는 이가 없으니 그만큼 흔하기도 하지만 부르는 이에 따라 그 맛이 전혀 다른 노래가 창부타령입니다.

그 중에 네 분의 소리가 절창인데, (어디까지나 제 주관적인 평가입니다.) 이 분들 각기 분위기가 다 다릅니다. 첫째는 전 태용 선생 소리인데 이 양반 소리는 드라마틱합니다. 꺾임새라든가 추임새가 아주 좋아요. 목소리도 독특해서 술 마시면서 들으면 술이 술술 저절로 넘어갑니다. 이 분 노래 들을 때는 술중에서도 반드시 막걸리를 마셔야 합니다. 내 한 갑자 넘어 살도록 막걸리와 어울리는 소리로 이 양반 소리만한 가락을 들어 본 적이 없어요. 전형적인 한량이십니다. 제가 평생 동경해 마지않는 이상적인 삶을 사신 풍류남아십니다.

그런데 이 분 당시에는 바른 평가를 못 받아 정식으로 녹음한 음원이 없습니다. 남의 잔치에서 노래하시는 것을 참석한 사람들이 개인적으로 녹음해 놓은 것을 나중에 그 가치를 알아보고 복원하고 그래서 남아 있는 노래는 거의 전부 라이브입니다. 주위가 시끌벅적합니다. 주의를 기울이거나 가사를 알고 듣지 않으면 어떤 때는 무슨 소리인지 가사가 분명하지 않을 때도 있어요. 나름 현장감은 있는데 깨끗하고 완벽한 소리가 아니라서 아쉬울 때도 많습니다.

다음으로는 이 희완 선생 소리인데, 이 분 소리는 양반 소리입니다. 청아합니다. 맑습니다. 고아요. 그래서 차를 마시면서 들어야합니다. 차도 커피가 아니라 세작을 하얀 백자 잔에 따라 천천히 음미하며 들어야 좋습니다. 푹신한 소파에 파묻혀서 차 홀작이며 들으면 눈물이 절로 납니다. 전형적인 경기도 소리를 내는 목을 갖고 계십니다. 경기도 소리는 일반적으로 투명한 가을 하늘 같습니다. 깨끗해요.

다음은 여류입니다. 하늘이 내린 목소리라는 말 그대로 더 할 나위없이 좋은 목청을 갖고 계시는 김 옥심 명창이십니다. 늦봄이나 여름도 좋고 가을도 좋은 아무튼 산천경개 좋고 날씨는 자못 화창해서 계곡에 물소리 졸졸, 좋을 때 정자에서 들으면 신선이 따로 없습니다. 이 분 소리 들을 때는 막걸리보다는 과하주 같은 산듯한 맛의 과일주가 제격입니다. 아주 정갈한 안주 한 두가지 놓고 한 잔 두 잔하다가 선듯 일어나 도포 자락 휘날리며 풍류 잡기 좋은 소리입니다.

끝으로 최 창남 선생 소리인데, 이 양반 소리를 들으면 어깨춤이 절로 납니다. 그래서 반드시 한 잔 거나하게 마시고 춤을 추면서 들어야 합니다. 지금부터 이 최 창남 선생 창부타령을 한잔 거나하게 마시고 막춤 추며 들은, 질탕하게 논 이야기를 하려 합니다.

대학 졸업반 즈음해서인가 기억이 가물가물한데 어느 일

요일 친구 모친 환갑잔치에 초대 받아 후배들과 부천 어디께 쯤인가 몰려가서 한판 질펀하게 잘 먹고 마시고 노래 부르고 놀았습니다. 친구 어머니께서 우리 노는 모습이 보기 좋으셨는지 와서 놀아주고 축하해 줘서 고맙다고 그날 들어 온 봉투 중에 제법 두툼한 것을 한 봉투 꺼내서 내 손에 쥐어주시며 같이 온 친구들과 아들 아무개와 같이 가서 한 잔 더하라고 격려해주시는게 아닌가. 불감청 고소원不敢請 固所願이라.

그래서 우리 일행은 환갑잔치를 대충 작파하고 우루루 몰려 나와 영등포 역전 어디쯤에서 갈 놈 가고 남을 놈 남아, 이런 돈은 받은 그날로 다 씀이 지극히 타당한지라 지금부터 우리가 평소 못가본데에 진출하여 한판 거하게 놀아보자. 화이팅 한 번하고 여남은 놈들이 찾아들어간 곳이 당시에 유행하던 극장식 카바레, 극장식 맥주홀인데 상호는 이미 잊어버린지 오래입니다.

당시 극장식 카바레라 함은 앞에 무대가 높이 있어 각종 예인들이 나와 동서양 노래도 부르고 장기 자랑도 하고 그 무대 밑으로는 널직한 홀이 있어 손님들이 취흥이 도저해지면 나가서 춤도 추고하는 시스템이었습니다. 저와 비슷한 연배의 분들은 기억이 나실겁니다. 아무튼 우리도 홀 가까이 몇 개의 테이블을 한데 붙여놓고 호기롭게 맥주도 박스로 시켜 놓고 안주도 푸짐히 깔아 놓고 질탕하게 퍼마시고 먹고 놀기 시작했습니다.

그리하여 동백아가씨와 더불어 돌아가는 삼각지도 몇 번 돌고, 니나노 지화자도 서너 판 때린 뒤에 한 템포 쉬더니 불현듯 무대 위에 훤칠한 장년인이 머리에 송월타월 질끈 매고 장고를 메고 나와 뚜다당 하면서 창부타령을 하는데 이 소리가 예삿소리가 아니었습니다. 마음 속 아득한 심연에서부터 무언가 울림을 주면서 심장 박동수를 크게 높이는지라, 마시던 술잔을 탁 내려놓고 홀에 나가 막춤을 추기 시작했는데 몸이 절로 움직이더라. 나만 그런 것이 아니었던지 여러 취객들이 분주히 홀을 오가는데 갑자기 취기어린 내 눈에는 선녀仙女로 밖에 안 보이는 한 처자가 있어 나와 같이 막춤을 추며 가까이 오는지라 내가 다짜고짜 다가가서 손을 마주잡고 같이 춤을 덩실덩실 추기 시작하는데 이 선녀가 나를 거부하지 아니하고 더불어 빙빙 도는데 춤추는 홀이 비좁더라.

당시는 아직 창부타령이 어떤 소리인지, 최 창남 선생이 누군지도 모르고 그저 한잔 술에 흥이 도저해 져서 한판 잘 놀았음에도 불구하고 최 선생의 장고와 소리가락은 그 후 오래도록 머릿속을 떠나지 않았고 나중에야 비로소 아, 내가 그런 좋은 소리를 라이브로 들었었구나 하고 깨달았습니다.

각설하고, 다시 무대로 돌아가서 이 선녀와 한판 거하게 무대를 주름잡은 후에 저는 우리 테이블과 선녀의 테이블을 돌아가며 수작을 주거니 받거니 했는데 선녀도 때는 마침 춘

삼월이라 방심芳心을 이기지 못하여 친구와 더불어 놀러 온 것이었더라.

아무튼 이글을 읽는 이 중에 혹 미성년자도 있게 됨을 저어하여 중간 생략하고 다음날 아침 숙취에 머리를 부여잡고 일어나보니 영등포 역전 인근 여인숙이었는데 귓전에는 어제 들은 최 창남 선생 장고소리가 쟁쟁한데 문득 주위를 둘러보니 '가라리 네히어라.'(처용가에서)

평소 즐겨 듣는 우리 노래 창부타령에 얽힌 춘사春事를 회고하다.

탈공산방에서

15강

살풀이
드첸 샥 닥사이
Huun Huur Tu

기왕 노래에 대한 이야기가 나왔으니 조금 더 해 보죠. 범위를 좀 넓혀서. 춤입니다. 저는 음치이기도 하거니와 몸치이기도 합니다. 그래서 제가 별로 부러워하는 인간은 없는데 오로지 춤을 잘 추는 사람은 남녀를 불문하고 극도로 부러워합니다. 춤집에 가서 춤 잘 추는 남녀를 보면 막 주머니 털어서 술 사주고 싶은 충동을 금치 못합니다. 한때 춤, 그것도 부르스를 좀 배워 보겠다고 어찌어찌해서 춤 잘 추는 여자를 꼬셔서 개인적으로 사사 받은 적이 있습니다. 정말 춤을 잘 추는 미인이었는데요, 이 춤꾼이 나이트에 가서 나와 몇 번 스텝을 밟아 보고는 우리 그냥 춤추지 말고 어디 여관방에나 가서 배 맞추는 스텝을 밟는 것이 훨 좋겠다고 해서 정말 좌절한 적도 있습니다. 당시 저는 이 처자로부터 춤을 배워 호텔 나이트가서 무대를 한번 거하게 주름 잡아보리라 하는 소박한 꿈이 있었더랬습니다.

그래서 우리는 언제나 신촌 시장 어귀에 있는 술집에서 만나 2차로 여자는 '댄스 말고 섹스', 남자는 '섹스 말고 댄스'를 요구하는 지금도 넌센스라고 밖에 생각이 안 되는 기이한 풍경이 항상 연출되었는데요, 그래도 언제나 여자가 이겨서 몰상식한 일이 벌어지는 경우는 없어서 다행이었다고 지금도 생각합니다. 섹스보다 댄스를 더 원했다니 아마 그때 제가 그때 미쳤었나 봐요. 아무튼 지금도 나는 이성과 더불어 몸과 감정의 교류를 깊이 하는데 춤만 한 것이 없다고 굳게 믿고 있는 춤 예찬론자입니다. 그런데 이런 객적은 소리 하려고 춤 이야기를 시작한게 아닌데. 망언다사妄言多謝. 아무튼 춤은 위대합니다.

그래서 지금 말하려는 춤은 그런 남녀간의 교합交合을 원활하게 하는 그런 춤이 아니라 인간 행위 예술의 정점인 그런 춤을 말하고자 하는 겁니다. 저는 학교 다닐 적에 비원

옆에 있던 김수근 선생이 만든 공간 사랑에 정말 많이 드나들었습니다. 무시로, 시도 때도 없이 들락거렸다는 말이 맞는데요. 무슨 공연과 전시회를 그렇게 자주했던지. 학교 대신 공간 사랑으로 등교한 적도 많았습니다.

만정晩汀 김 소희金素姬 여사의 살풀이를 본 것도 공간 사랑에서였습니다. 김소희 여사의 절제된 판소리도 듣기 좋았으나 나는 그 분의 살풀이춤이 그렇게 좋았어요. 인간의 행위, 움직임을 극한으로 하다보면 최후에는 그런 정적이면서도 동적인 절제된 동작으로 수렴이 될 것 같습니다. 인간 동작의 결정체를 본 것이죠. 어떤 화려한 춤사위 보다 더 화려한 춤사위가 바로 살풀이의 단순하고 절제된 정적인 춤사위였습니다.

아무튼 이후 판소리, 무용, 국악무대라면 무수히 찾아다녔습니다. 연전 돌아가신 황 병기 선생 가야금 소리를 찾아다니던 때도 그즈음이고, 지금 생각하면 다 좋은 무대였습니다. 그런데 혹시 서양 것도 좋은게 있으려나 하고 어떤 때는 터무니없이 비싼 돈 들여서 오페라도 가고 발레도 갔으나 만족하고 나온 기억이 별로 없어요. 저는 아무래도 오리엔탈 귀신이 씌운 모양이예요.

당시의 국악 공연에는 지금은 타계하신 구수한 목소리의 최 종민 선생이 주로 사회를 많이 보았습니다. 어느 춤 공연이었는데요, 함자가 아마 안 채봉 할머니였을 겁니다. 소고춤과 장고춤을 추시는 할머니께서 나오셨는데, 아마 그때 육순이 훨 넘으신 분이었는데요, 연기자 무대 보조하는 여자분 손에 부축을 받아 겨우 나오신 분이(당시에는 나이가 그 정도 되면 지팡이 없으면 거의 걸음걸이가 불편하시잖아요) 갑자기 장고 소리가 나오니 춤을 추시는데 체구도 작달막하신 분이 무대를 압도하며 나비처럼 가볍게 날아다니시는데 그렇게 아름다울 수가 없었습니다. 정말이지 신기했어요. 지금도 눈에 선합니다. 그리고 김오채 선생의 설장구 소리는 지금 생각해도 정말 신명이 납니다.

그래서 얼마 전부터 혹시 옛날 같은 무대가 있지 않을까 하여 국악무대를 찾아보고 가서 기웃거려도 봤으나 이상하게 옛날 같지가 않았습니다. 한참 생각하니 이미 눈과 귀는 지나간 과거의 명인, 명창들로 인해 한 없이 높아진 탓에 그 후학들이 나와서 재롱잔치 하는 것이 눈과 귀에 들어 올 리가 없었던 겁니다. 그래서 이제는 무대를 찾아다니는 수고는 뒤로 하고 그저 스피커에서 나오는 옛소리에 귀 기울이며 과거를 회상하며 시간을 보냅니다. 조금은 슬퍼요.

그런데 제가 꼭 우리 노래, 우리 춤만 좋아하는게 아닙니다. 세계화 시대에 어찌 국수적으로 우리 것만 편애할 수 있겠습니까. 열린 생각을 가지고 있는 사람이. 그래서 이번에 이야기 하려는건 디첸 샥 닥사이(Dechen Shak-Dagsay)라는 발음 하기도 어려운 이름을 가지신 분의 노래입니다. 드첸 샥 닥사이라고도 쓰는데요, 아무튼 이 분은 티벳 출신 음악가이십니다. 그리고 여사님이시고 연배는 저와 몰래 연애하면 딱 좋을 그런 미모와 음악 실력을 겸비하신 분으로 영성 음악가이십니다. 명상 음악 계열에 속합니다. 딱 여러모로 제 스탈입니다. 활동은 주로 스위스에서 하시고 부친께서 달라이라마와 친분이 있으신 티벳민족의 지도자이십니다. 유럽의 대학생들이 여사님 노래를 오리엔탈 메디테이션 음악의 정수라고 좋아하더군요.

우리나라에도 몇 번 오신 걸로 기억합니다. 제가 이 분을 친견한건 2천 몇 년인지 지금 기억이 가물가물한데 구례 화엄사에서 주관하는 화엄제에 참석하시고자 오셨을 때입니다. 물론 노래는 이미 잘 알고 열심히 듣고 있어서 언젠가는 한 번 친견할 영광을 갖겠다고 벼르고 있을 때였습니다.

그래서 화엄제에 가겠다고 기차표까지 끊어 놓고 화엄사에서 불도에 정진하던 후배에게 말해 침소와 공양은 물론 곡차 할 장소까지 수배 해 놓았음에도 불구하고 세상일이 여의치 않아 못가고, 대신 화엄제 마치고 서울 사는 사람들을 위해 평창동 어귀 어느 갤러리에서 공연을 하실 때 백사 불문하고 가서 친견을 했더랬습니다.

그래서 노래를 마치시고 관객들을 위해 사인회를 하실 적에 그 분의 CD를 몇 개 사들고 팜플렛-아마 타라Tara를 찾아서 라는 테마로 공연을 한 걸로 기억합니다-에 손수 사인해 주시는걸 영광스럽게 받아들고 알라뷰 유어 뮤직과 알라뷰 유를 연발했더랬습니다. 여사님께서는 그러는 저에게 섬섬옥수를 내주시어 제가 감히 그 손에 입을 맞출 수 있는 광영을 베풀어 주셨습니다. 일생의 영광으로 지금도 생각합니다. 드첸 여사님 찬미 받으소서. 알렐루야.

여사님의 노래는 영성음악답게 영혼의 저 깊은 우물속에서 마지막으로 건져 올린 단 한모금의 샘물같이 간절합니다. 듣고 있자면 눈물이 절로 납니다. 상당히 애잔하고, 애상적인 노래입니다. 지금도 노트북에 여사님 노래의 모든 음원을 간직하고 생각 날 때마다 듣습니다. 노래는 들어 봐야 느낄 수 있습니다. 제가 무딘 붓으로 아무리 묘사해도 그저 한 번 듣는 것만 못합니다. 들어 보세요.

그런데 얼마 전 새로 나온 여사님의 음원을 구해서 듣고는 조금 우울했더랬습니다. 여사님의 노래가 아주 애잔한 노래거든요. 그런데 애이불상哀而不傷이라. 한창 때의 여사님 노래는 애哀해도 내 마음을 상傷하지 않고 참 맑았는데 새로 나온 노래를 듣는 순간 좀 지나치다는 느낌을 받았습니다. 여사님의 목소리가 나이가 들면서 더 감각이 원숙해 진건지 아니면 듣는 내 귀가 나이가 들어 더 이상 애哀한 것을 잘 받아드리지 못하는지 모르겠어요.

여자는 나이가 들어 갈수록 화장이 짙어지고 남자는 허풍이 세진다는데, 우리 여사님 목소리가 화장이 살작 짙어진 느낌을 받았습니다. 어디까지나 저의 주관적인 판단입니다. 결례를 용서하소서. 그래서 요즘 나온 노래는 잘 안듣고 다시 예전의 애잔해도 싱그럽고 맑은 한창 아름다우실 때의 노래만 듣습니다. 사모하는 마음은 여전합니다.

그럼 제가 이런 여사님 노래만 좋아하느냐 하면 꼭 그렇지도 않습니다. 같은 남정네들 노래도 좋아합니다. 그런 남정네들 노래 중에 저 중앙아시아 한가운데 중국과 몽골, 그리고 러시아 사이에 끼어있는 인구라고 해봐야 제가 사는 고양시의 3분의 1, 30만 명이 조금 넘는 코딱지만한 나라 투바에서 결성되어 전세계를 무대로 활동하는 도대체 이름조차도 발음하기 힘든 그런 그룹이 있습니다.

누가 이 단어의 정확한 발음을 좀 알려주세요. 저는 가방끈이 짧아 도저히 어떻게 발음해야 정확한지 모릅니다. Huun Huur Tu. 누구는 흰 휘르 뒤라고도 하고 아무튼 소개하고 부르는 사람 지멋대로입니다. 몽골음악을 하는 4인조 그룹입니다.

멤버는 비유하자면 중국 무협영화 보면 객잔客棧이 나오잖아요. 사막에 있는 용문객잔 같은 그런 살벌한 객잔 말고 금릉이나 낙양 번화가의 번듯한 객잔 중에서 상당히 장사 잘되는, 그래서 잘 먹고 잘 살아서 얼굴이나 몸매가 부얼부얼하게 생긴 중년의 객잔 주인 하나와 그 주인이 데리고 있는 중노미 셋, 역시 몸집이 좀 좋은 비만에 가까운 젊은이 하나와 젊었을 때 고생을 좀했는지 약간 꾀죄죄하게 생긴 초로의 중노미와 역시 비슷한 나이의 중노미, 모두 네 사람이 자기네들 객잔에 투숙한 손님들의 객고를 풀어주기 위해 저녁에 라이브로 노래하는 모습을 연상하면 거의 정확합니다.

그런데 생김새와는 달리 마두금(말 대가리 장식을 한 몽골 기타)이랑 몽골 전통 드럼-이름은 모르지만-을 연주하면서 후미Khoomei를 하며 노래를 부르는데 아주 호쾌합니다. 좋습니다. 몽골 드넓은 벌판을 말 달리는 기분이 드는 그런 음악과 연주입니다. 호쾌, 장쾌한 음악입니다. 호연지기가 절로 살아나는 영성을 높여 주는 그런 음악으로 동양 사람들보다 서양 사람들이 더 좋아한다는 느낌을 받았습니다. 우리나라에는 한 번도 안 왔던 것으로 알고 있습니다.

한 사람이 동시에 여러 목소리를 내는 몽골 전통음악 후미에 관심이 있으시다면 반드시 들어 보시기를 추천합니다. 저는 도시의 잡답함에 짜증이 나거나, 집 앞에 있는 호수공원 산책 할 때 항상 들으면서 호연지기를 흉내내고 있습니다.

그동안 즐겨듣고 보던 노래와 춤을 회고 하다.

탈공산방에서

16강

그림 이야기

저는 그림을 좋아합니다. 보는 걸 좋아할 뿐만 아니라 직접 그리기도 합니다. 그림을 많이 봐서 안목을 높이거나 나름 그리는 흉내를 내는 것은 모두 일차적으로 우리의 오감 중 시각에 의존합니다. 전문가들의 견해에 따르면 인간이 오감을 통해 외부로부터 받아들이는 정보의 70퍼센트를 시각이 담당한다고 합니다. 저의 경우 시각 의존도가 아마 80퍼센트가 넘을 것이라고 스스로 생각합니다. 어렸을 적부터 물건을 찾는 일부터 시작해서 하다못해 여러 명이 같이 가도 길에 떨어진 돈을 줍는다든가 하는 것은 항상 저의 몫이었습니다. 물건도 가성비 좋은 것을 골라서 잘 삽니다. 돈을 버는 것보다 쓰는데 더 재능이 있는 불행한 인간입니다. 눈만 밝은 것이 아니라 색에 대한 감각도 좋습니다. 초등학교 시절부터 자주 사생대회에 나갈 기회가 있었는데요, 항상 최우수상은 못타고 차석이나 차차석에 그쳤습니다. 그런데 평가하는 분들은 항상 '색감은 니가 우등이다'라는 말씀을 했습니다. 어린 마음에도 매우 자랑스러웠고 흐뭇했던 기억이 새롭습니다. 그래서 음치라서 음악 시간을 증오하는 만큼 반면에 미술 시간은 학수고대하고 즐겨했습니다.

스스로도 이런 재능을 살려서 장래를 기약하리라 생각하고 고등학교 즈음에 미술대학을 가겠다고 결심하고 집에다 미술학원비를 달라고 조른 적이 있었는데요, 아버님께서 사내자식이 미술선생해서 어떻게 먹고 살겠느냐고 겨우 꿈이 그거밖에 안되느냐고 단칼에 자르시는 것이었습니다. 평소에 저의 그림 솜씨를 나름 인정하시는 것 같아서 당연히 지원을 기대했는데 반응은 정반대였습니다. 지금 생각하면 아마 당시 집안 형편이 미술학원비를 지원해줄 만큼 넉넉하지 않아서 그리하셨을 거라고 생각합니다. 당시만하더라도 일반학원보다 미술학원 수강료가 좀 비싼 편이었습니다.

그래서 화가가 되려는 꿈을 접고 대신 나중에 그림으로

출세한, 같이 미술학원을 다니기로 약속했던 나보다 형편이 더 어려웠던 친구와 자주 어울렸습니다. 당시 친구와 자주 어울렸다고 하는 것은 학교 마치고 근처 중국집이나 만화방에 가서 담배를 나누어 피우고 자장면 안주로 고량주도 한잔하고 한 친구가 여자를 꼬시면 그 여자의 친구를 불러내어 같이 데이트하다가 어두컴컴해지면 골목길에서 뽀뽀를 하거나 몸을 더듬거나 하는 것을 말합니다. 대학입시 공부하는 시간보다 그런 일탈행위를 탐닉하는데 더 많은 시간을 보냈습니다. 그런 참담한 와중에서도 그 친구는 그림에 대한 꿈을 놓지 않고 결국 미술대학에 진학했고 저도 하느님의 보우하심과 부처님의 가피력이 함께하여 천만다행으로 연세대학교에 진학할 수 있었습니다.

그런데 세상 앞날은 누구도 모를 것이 이 친구가 미대 졸업 후 처음에는 먹고 살길이 막막해서 라면값이라도 벌어서 목구멍에 풀칠하겠다고 본인이 다니던 대학 인근의 허름한 이층집 반지하에 대입미술학원을 열었는데 이 학원이 미대 합격을 잘 시킨다고 소문이 나더니 처음 반지하에서 시작한 학원이 다음해에는 지상으로 기어 올라오고 나중에는 이층 건물 전체를 임대하고 급기야 그 건물을 매입하고 그도 모자라 어느 날 낡은 집을 싹 밀어 버리고 재건축을 하더니 그 자리에 네모 번듯한 빌딩을 세운 것이었습니다. 10년이 채 안 되는 세월에 이룩한 엄청난 성취였습니다. 저는 대학원

졸업하고 3류 신문사에서 4류 기자생활로 소일하면서 막 새로 나온 국산 소형차를 살까 말까 망설이던 그런 소심함을 보이던 시절에 이 친구는 막 수입된 삐까번쩍한 외제 짚차를 떡하니 구입하는 것이었습니다. 조물주보다도 더 높은 건물주가 돼서요. 반지하 시절에는 먼저 취직한 제가 월급 타면 그 친구한테 자주 자장면과 소주를 사줬는데요, 나중에 학원이 번성해서 건물을 세울 때 즈음해서는 그 친구가 저를 룸싸롱에 데리고 가서 여자와 양주를 사주는 처지로 역전했습니다.

아, 세상에 그때만큼 제가 무능, 무력해 보이고 미술 공부를 계속하지 않았던 것을 후회해 본적이 없었는데요. 나중에는 학원비 지원을 단칼에 자른 아버지가 다 원망스러웠습니다. 사실 고등학교 시절 그 친구와 같이 미술학원에 찾아가 원장과 상담하고 실습해 보였을 때 원장선생님이 그 친구보다 저를 더 적극 칭찬하고 미대 지원을 격려해 줬거든요.

그런데 이 친구는 그렇게 번 돈을 술 마시는데 너무 많이 탕진하다 그 부작용으로 어느 날 저 세상으로 가더군요. 저는 아직도 꼴꼴 하면서 살고 있고요. 세상사가 참 그렇더라구요. 글쎄.

아, 왜 또 이야기가 옆으로 샜지. 망언다사妄言多謝.

아무튼 그래서 인간의 삶에 있어서 시각은 아주 비중이 크고 중요한 위치를 차지합니다. 보통 사람들은 직접 자신의 눈으로 본 것은 분명한 사실이라고 생각하고 거의 진실처럼 신봉하고 확신합니다. 어떤 사실을 증거하기 위해서 있는 그대로 사진을 찍어서 보여주면 사람들은 정확성을, 진실성을 인정합니다. 조작되지 않은 사진이라면 법정에서도 그 사진의 진실성은 인정됩니다.

그런데 그림을 그리는 사람들은 보통 사람들이 진실로 인정하는 이런 사실성을 부정합니다. 화가들은 이런 눈에 보이는 그대로의 사실에서 진실을 발견 할 수 없다는 입장입니다. 그래서 그리는 대상을 항상 화가의 입장에서 재구성합니다. 사실 화가들도 완전한 상상만으로 그리는 사람들은 많지 않습니다. 인물을 그리고자 하면 모델을 활용하구요, 풍경을 그리고자 해도 스케치나 그리고자 하는 대상을 사진을 찍어서 놓고 나름 해석을 해서 캔버스에 옮기는 겁니다. 저도 그림을 그릴 때면 일단은 구체적 대상을 정해 놓고 그 실체를 보거나 아니면 사진을 찍어서 놓고서 그림을 그립니다. 그러나 사진과는 다른 제 나름의 대상에 대한 해석을 그리는 겁니다. 대상과는 전혀 일치 하지 않는, 일치 할 수 없는 결과가 나오는 겁니다.

일반 사람들은 시각에 보이는 그대로의 사실을 가장 확실한 진실로 생각하는 반면 그림을 그리는 사람들은 시각을 재구성해서 진실을 찾고자 합니다. 같은 모델을 놓고 그려도 화가마다 다 다른 그림을 그리는 겁니다. 그러면서 각자 서로 자신의 그림이 대상을 가장 정확하고 진실되게 표현하고 있다고 생각합니다. 화가는 시각에 의존하면서도 시각을 부정하는 사람입니다. 시각에 의존한 대상을 부정한 그 자리에 대상에 대한 진실이 있다는 입장입니다. 법의 진실과 예술의 진실은 이렇게 서로 상반됩니다.

그런데 사실 우리네 삶의 진실도 이런 시각에 의존해서 시각을 부정하는 그런 과정 속에 있지 않나 생각합니다. 앞서 이야기한 제 친구도 당시는 그림을 그려서만은 먹고살기 어렵다는 사실을 잘 알고 그래도 자신이 하고 싶은 일을 하겠다는 생각에서 현실을 부정하고 그림 그리는 일을 선택한 것이고 저는 시각에만 의존해서 진실을 찾듯 그림 그리는 것보다 더 잘 살기 위해서 그림을 포기한 거구요. 그런데 그 친구는 예상과는 달리 그림 그리는 일에도, 세속적으로 성공하는 일에도 저 보다 한참 더 앞서 나가 저에게 좌절을 안겨 주었습니다. 그 때 제가 깨달은 일이 아, 세상은 되고 싶은 대로 되는 것이 아니라, 되어가는 데로 되는 거구나 하는 진실이었습니다.

이 친구가 돈을 잘 벌기 시작하면서 저에게 한 약속이 있었는데요, 그 약속이라는 것이 그동안 제가 그 친구가 어려울 때 자장면과 소주를 사준 횟수만큼 룸싸롱에 가서 여자와 양주를 사주겠다는 것이었습니다. 제가 사준 돈, 액수만큼 사주겠다는 것이 아니라 사준 횟수만큼 사주겠다는 것이었습니다. 자장면과 소주, 아가씨와 양주. 그 차이가 얼마나 큽니까. 저는 친구의 그 말을 듣고 사뭇 감격해서 제가 정식으로 화가로 데뷔하지 못했다는 아쉬움마저 다 잊어버렸는데요, 그런데 제가 사준 돈만큼 얻어먹고 조금 더 얻어먹었다고 막 좋아할 무렵 이 친구가 더 이상 술을 못 마시게 되더니 그냥 저 세상으로 가더라구요. 그 때 또 한 번 아, 세상일이 원하는 대로 되는 것이 아니라 돌아가는대로 되는 것이라는 진실을 새삼 깨달았습니다.

그래도 저는 그 친구가 저보다 더 오래 살았다고 생각합니다. 저는 인간이 살아가는 물리적 시간과 심리적 시간이 다르다고 생각합니다. 그 친구는 짧은 시간이었지만 농축된 시간을 산거고 저는 길게 살고 있지만 물에 물탄 듯, 술에 술 탄 듯, '트리갭의 샘'에 나오는 터크 마냥 의미 없는 시간을 살고 있는 겁니다.

저는 제가 한 평생 헛살았다고 생각하는데요, 제가 나름 언론인 생활을 바로 했으면 요즘 우리나라 언론이라는 것이 이 모양 이 꼴이며, 대학에서 접장질을 바로 했으면 요즘 아이들이 또 요 모양 요 꼴로 책 한줄 바로 못 읽고 글 한줄 올바로 못 쓰겠습니까. 물론 나 혼자만의 힘이라는 것이 지극히 미미해서 전체에 눈꼽만큼도 영향을 미치지 못한다는 사실을 잘 알고 있습니다만 그래도 저 같이 잡고 반성하는 인간들이 많았다면 현실은 조금 더 나은 방향으로 나아갔을 거라고 생각합니다. 차라리 언론인 하지 말고 방 한 쪽 구석에 처박혀서 소설이나 썼다면 더 즐거운 삶을 살았었을 것 같아요. 제가 소설 나부랭이도 제법 쓰거든요.

그런데 웃기지도 않은 것이 아무리 좋게 봐주려 해도 저보다 더 의미 없는 삶을 살아온 것들이 '야, 이제 반성하고 남은 여생이나마 좀 바로 살아라.'라고 술자리에서 충고 한마디 해주면 당장 죽일 듯이 달려듭니다. 그러면서 지가 살아온 인생이 얼마나 보람이 있었고 대단한 인생이었다는 것을 '내가 왕년에 말이야' 그러면서 갑자기 목청이 높아지더니 침과 함께 장광설을 품어 내기 시작합니다. 대기업 사장이 무슨 대단한 자리고 국회의원 한 번 한 것 가지고 마치 평생을 여의도에서 지낸 것처럼 본인이 없었으면 국가 경제가 일거에 무너지고 정치가 독재시대로 후퇴했을 것처럼 자랑을 하는데 아무리 친한 친구라도 이럴 때는 참 난감합니다.

저는 이렇게 생각합니다. 나이 먹을수록 자신의 지나온 삶에 맹목적인 긍지를 가지면 남은 생이 불쌍해진다고, 요즘 평균 수명이 좀 길어졌습니까. 그런데 사람들은 과거를 회상하면서 앞으로 남은 인생을 추억 속에서만 보내는 겁니다. 오래 살면 앞으로 20년도 더 살아야하는데 그 20년을 과거를 회상하면서 내가 왕년에는 하면서 지내면 결국 나중에는 아무도 안 알아주는 인정 욕구를 배설하기 위해 깃발 들고 거리를 배회하게 됩니다. 요즘 거리를 유령처럼 배회하는 사람들의 심리가 바로 가까운 사람들로부터도 인정을 못 받아 그 욕구불만을 배설하기 위한 것이라고 생각합니다.

요즘 인생 사이클이 넉넉하게 잡아도 30년 동안 공부하고 30년 동안 공적 생활하고 30년 동안 은퇴하고 살다 고독사해야 하는데 30년 동안 별로 대단하지도 않은 공적 삶에 한없는 미련을 가지고 내가 왕년에는 하다가는 남은 30년이 불행해집니다. 30년의 삶을 부정하고 버려야 남은 30년의 삶을 즐겁고 재미있고 의미있게 살 수 있는 겁니다. 시각에 의존하되 시각을 버려야 대상의 진실을 볼 수 있는 예술 행위처럼 30년간의 공적 생활에 바탕을 두되 그 30년의 삶을 부정하고 버려야 남은 30년 동안의 삶의 진실을 마주 할 수 있는 겁니다. 잘 살아야 잘 죽을 수 있습니다.

다음 생이 있다면 그림만 그리며 살 것을 기대하며.

탈공산방에서

3부

소론小論

17강

오행五行과 조화調和 사회론

이 글은 제목이 소론이지 주제에 대한 단편적인 아이데이션을 스케치 한 겁니다. 형식도 정식 논문의 형식을 갖춘것도 아니고요. 그러니 글의 구성과 전개의 난삽함에 대해서는 미리 양해를 구합니다.

대학 처음 입학해서 이쁜 여학생 꽁무니 따라 철학과 도덕강의 들어가서 주어들은 이야기입니다. 여학생 뒤통수만 쳐다 보느라 강의 내용은 별로 기억이 안 나는데 아무튼 젊은 강사가 무슨 개론 시간에 한 강의입니다.

　동서양을 막론하고 옛날부터 사람들은 이 세상을 이루고 있는 근본적인 것이 무엇인가에 대해 관심이 많았다. 서양에서는 플라톤, 아리스토텔레스 같은 고대 철학자들이 이 세상을 이루고 있는 모든 물질이 흙, 물, 공기, 불의 4가지로 환원 될 수 있다고 주장하는 4원소론이 있고 또 다른 사람들의 3가지, 5가지로 이루어졌다고 해서 3원소, 5원소론 등과 같은 주장들이 있다. 이 같은 사고방식은 동양도 마찬가지여서 일찍부터 동양 사람들은 이 세상을 이루고 있는 모든 물질들의 핵심 요소를 목, 화, 토, 금, 수의 5가지로 구분해서 보았다. 그런데 서양과는 다른 것이 서양에서는 그냥 몇 가지로 이루어졌느냐에 치중해서 원소라고 했는데 동양에서는 원소라는 말을 사용하지 않고 이를 오행行이라고 표현했다.

　그 다음부터는 강사가 뭐라고 했는지 아예 생각도 안 나는데 아무튼 그 당시에도 잠깐 궁금하게 생각했던 것은 왜 원元이라고 안하고 행行이라고 했는지, 행이 무슨 의미인지 물어 보고 싶어서 입이 간질간질했던 것을 참았던 기억이 납니다. 괜히 남의 학과 도둑강의 들으면서 질문한다는 것도 민망하고 질문했다가 너 누군데 왜 수강신청도 안하고 강의 듣느냐고 앞으로 들어오지 말라고 하면 좋아하는 여학생을 자주 보지 못하는 불행한 사태가 벌어질지도 모르잖아요, 그래서 입이 간지러운 것을 참고 그냥 여학생 뒤통수만 그윽하게 바라보다가 그 시간이 지나갔는데 아무튼 그 궁금증은 오랫동안 이어졌습니다.

이런 소싯적 궁금증은 이후 한참 지나 나중에 동양사상을 공부하면서 나름 해소 할 수 있었는데요, 서양 사람들은 그냥 엘레먼트라는 개념으로 각 원소를 개별자로 간주해서 이해를 했는데, 물론 아리스토텔레스의 경우 플라톤의 원소설을 더 발전시켜 원소의 변화에 대해 말하기도 했지만, 동양에서는 한걸음 더 나아가 그 요소들의 상호 작용에 초점을 두어서 서로 어떻게 영향력을 주고받느냐를 더 중시했더라고요. 그래서 원元이라고 말하지 않고 움직인다는 의미로 행行이라는 개념을 사용한 겁니다. 서양 사람들이 평면적인 의미로 이해했다면 동양 사람들은 좀 더 역동적인, 다이나믹한 의미로 이해를 한 겁니다. 이제부터 이 이야기를 조금 해 보려합니다.

오행이라는 개념은 동양에서 고대로부터 사람들이 인간과 자연을 실증적으로 관찰해 오면서 만물을 유사한 특성을 가진 것 끼리 분류를 하면서 나온 개념이라고 할 수 있습니다. 그런데 단순하게 목, 화, 토, 금, 수 이런 다섯 가지 요소로 나누기만 한 것이 아니라 이 다섯 가지 요소들 간에 서로 영향력을 주고받는 관계에 더 초점을 두어서 본겁니다. 우리들은 일반적으로 영향력을 주고받는다고 하면 서로 이웃하는 둘 사이에 어떤 길항 작용, 밀당을 생각하는데 옛날 사람들

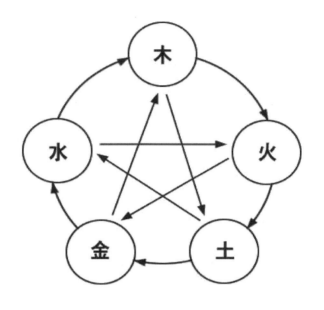

은 좀 더 고차원적으로 생각했습니다.

위의 오행상생상극도五行相生相剋圖에서 보는 것처럼 하나의 유기체, 현상 안에 다섯 가지의 요소들이 서로 상호간에 밀어주고-상생, 당기는-상극하는 관계에 있다는 겁니다. 이 밀어주고 당기는 하나의 역학관계는 최소 세 가지 요소를 필요로 하고 그 사이에서 힘을 주고받습니다.

즉, 예를 들면 수-물은 목-나무를 상생합니다. 물은 나무를 키우잖아요. 목-나무는 화-불을 상생합니다. 불이 꺼지려고 하면 나무를 더 보태주면 불이 살아나잖아요. 그런데 나무를 살려주는 물은 나무가 살려주는 불을 죽입니다. 불에 물 끼얹으면 불이 꺼지잖아요. 처음에 오행상생상극도를 보고 한참 생각하니 참 재미있더라구요. 서로 밀어주고 당기는 관계가 목 화 토 금 수의 다섯 가지 요소로 이루어진 하나의 시스템을 원활하게 돌아가게 하는 에너지의 흐름을 잘 표현하고 있다는 생각이 들었습니다.

사람 사이의 관계로 비유하자면 내가 A라는 친구에게 백 원을 주면 이 A라는 친구는 나한테 받은 백원과 자기 돈 백원을 더해서 다른 친구 B에게 2백원을 줍니다. 그런데 나는 내 친구한테 2백원을 받은 B에게 다시 백원을 빼앗아 옵니다. 다섯 명이 서로 순환적으로 이런 주고 뺏어오고 하는 과정을 되풀이 하는 겁니다. 그러면 영원히 판돈이 떨어지지 않는 하나의 노름판이 지속되는 겁니다. 이런 식의 에너지를 주고받는 관계가 다섯 요소들 사이에 지속적으로 일어나면서 어떤 하나의 현상, 유기체가 지속되는 활력이 균형, 유지가 되는 겁니다.

이런 오행간의 상호작용을 현실에서 실증적으로 잘 이용하는 부분이 한의학입니다. 오행 의학이라고 해서 우리의 몸의 장기와 같은 각 부분들을 각각 다섯 가지 특성을 가진 요소로 나누어 이들 간의 조화를 잘 유지하고 있으면 건강하다고 합니다. 그런데 그 중 어느 한 가지, 예를 들면 위장에

탈이 나면, 위장은 토에 속하는데요, 5가지 요소들 간에 조화調和가 깨지면서 건강에 문제가 발생합니다. 이럴 경우 5행 의학의 관점에서 보면 탈이 났다는 것은 그 기능이 정상적이지 않다는 말인데 위의 기능이 저하되었을 경우도 있고 위의 기능이 지나치게 오바되었을 경우도 있습니다. 저하되었을 경우에는 보충-補해줘야 하고 오바했을 경우는 사瀉-줄여줘야 합니다. 지나치게 무엇을 많이 먹거나 잘못된 것을 섭취해서 위에 과도한 부담이 가서 이상이 생기면 설사를 합니다. 위의 부담을 줄여주는 조치입니다. 몸이 자정작용을 해서, 설사를 못하면 도리어 중독이 되거나 하는 더 큰 부작용이 옵니다. 화장실 갔다 오면 속이 편해집니다. 그런 것처럼 정상적인 기능을 하기 위해서는 보해서 생해주는 경우도 있고 극해서 사해주는 경우도 있습니다.

그리고 생해주는 경우도 직접적으로 그 요소를 생해주는 경우가 있는가 하면 그 요소를 상생하는 요소를 보함으로서 간접적으로 생하게 하는 경우도 있습니다. 극하는 경우에도 마찬가지로 직접 그 요소를 해치는 경우와 상극하는 요소를 생하여 견제해 줌으로서, 즉 간접적으로 해치는 경우도 있는 겁니다. 저는 이런 식으로 이해를 해 봤습니다.

그러면서 생각해 보기를 몸이라는 살아있는 유기체가 활력을 유지하기 위해서는 상생만 있어서도 안 되고 상극도 있어야 평형을 유지하는데 더구나 상생, 상극이 단순하게 어느 일정한 시점에서 움직임을 멈추고 평형을 이루고 정체되어 있는 것이 아니라-그건 살아있는 것이 아니라 죽은 겁니다.-유기체로서 매 순간 변하는 과정 속에 있다는 점에서 이거는 단순한 물리적 균형이라기보다는 조화라고 말하는 것이 좋겠다. 즉, 밸런스가 아니라 하모니여야 한다는 겁니다.

이런 겁니다. 시사적인 문제를 예로 들어 설명하자면. 우리가 남북간에 평화를 유지해야 한다고 말하잖아요. 전쟁을 해야 한다는 놈은 미친놈입니다. 물론 그런 미친놈들도 아직 극소수 있지만 그런 것들은 그냥 때려죽이거나 개무시 해야 합니다. 대립하고 있는 두 정치 세력들 사이에서도 당장 전쟁을 하자는 놈들은 없습니다. 두 세력 모두 평화를 말하는 것은 같습니다. 그런데 평화를 실천하는 방법이 서로 다릅니다. 저는 오행 이론에 따라 시스템 내에서 또는 유기체들 상호간에 다섯 가지 요소가 서로 잘 에너지를 주고받아 흐름이 원활할 경우에 평화로운 상태라고 정의합니다.

그런데 이 평화를 유지하는 방법이 두 가지가 있는데요, 하나는 상생의 평화, 즉 상생의 조화를 이루는 방법과 또 하나는 상극의 평화, 즉 상극의 균형을 이루는 방법입니다.

요한복음 14장 27절에 보면 예수가 이런 말을 합니다.

"내가 너희에게 평화를 주고 간다. 내 평화를 너희에게 주는 것이다. 내가 주는 평화는 세상이 주는 평화와는 다르다. 걱정하거나 두려워하지 말라."

여기서 예수가 말하는 평화는 상생의 평화입니다. 상대를 도와줌으로서, 사랑함으로서 오는 평화입니다. 그 반대로 세상이 주는 평화는 상극의 균형입니다. 북에서 핵탄두를 개발했어, 그러면 우리도 핵 개발을 해야지. 북의 핵탄두가 10개야 그럼 우리는 11개 만들어야지. 냉전의 논리입니다. 불안한 힘의 균형. 밸런스입니다. 일단 둘 모두 당장 전쟁이 벌어지지 않는 것은 같습니다. 당장 핵탄두를 날리겠다는건 아닙니다. 일단 서로 경쟁적으로 많이 만들어 놓고 유사시에 날리겠다는 거지요. 영원히 날리지 못할지도 모릅니다. 한번 날리면 다 죽는 다는 것을 서로 잘 알고 있으니까요. 그러니 영원히 평화 상태가 유지 될지도 모릅니다. 그러니 핵폭탄이 터져 일시에 뒤지지 않는다는 점에서 사랑을 무기로 하는 예수의 평화와 일단 겉보기에는 동일합니다. 그런데 영원히 불안하지요. 언제 날릴지 모르니까요. 하지만 조화, 하모니를 통해 사랑을 날리는 평화는 불안이 없습니다. 서로 같이 한 이불 쓰고 먹고 자고 붙어먹는데 불안할리가 없습니다.

세속의 평화는 힘의 균형을 통해 상대방을 서로 견제해서 갈등을 억제하는 것으로 언제 깨질지 모르는 비생산적인 불안한 평화입니다. 반면에 예수의 평화는 상대를 도와주는 사랑의 조화에서 오는 것으로 시너지 효과로 인한 생산이 왕성한 평화입니다. 남자와 여자도 서로 사랑을 날리면서 붙어지내면 시너지 효과가 발휘돼서 열 달만에 자식을 보잖아요.

남북한 사이에서도 교류가 활발해지고 상생의 평화가 발전되면 경제 협력도 강화되고 상호간에 경제 발전을 가져 온다는거 아닙니까. 그렇다고 해서 남북한이 서로 군대를 없애지는 않을 겁니다. 남북관계만 존재하는 것이 아니라 일본도 있고 중국도 있고 러시아도 있잖아요. 미국도 있고. 현실은 상생의 조화만 있는 것이 아니라 상극의 균형도 엄존합니다. 그래서 가능한 상생의 힘(남북 협력)이 상극(군사적 긴장과 대립)보다 강하게 작용해야 그 유기체(한반도)가 활력이 있고 건강하게(평화롭게) 유지될 수 있습니다. 상극하는 대상(적대적 주변 외세)이 아주 없는 시스템, 사회(국가)는 존재하지 않습니다. 상생의 힘과 상극이 힘이 어느 정도 비중으로 상호 영향력을 주고받느냐에 따라 사회의 발전 정도가 달라진다고 생각합니다. 아무튼 여기서는 단순한 상극의 힘의 균형 상태에서는 시너지 효과가 발휘되지 않는다. 그러나 서로 도와주는 상생의 조화 상태에서는 시너지 효과가 발휘될 수 있다. 저는 균형-밸런스와 조화-하모니의 개념의 성격을 이런 식으로 설정했습니다.

아무튼 그래서 평소에 술 사주고 보약을 얻어먹는 관계에 있는 한의원하는 후배에게 지금 앞에서 '내가 이해하고 있는 오행에 대한 이치가 타당하느뇨.'하고 물어 본즉 '나름 타당하다'라는 대답이 돌아 왔습니다. 그래서 조금 더 생각을 발전시키기를 그럼 살아 있는 하나의 유기체인 인간이 이러할

진데 이런 인간들이 모인 사회도 이와 유사한 관점으로 볼수 있지 않겠는가. 꼭 개체로서의 인간이나 만물만 이런 이치로 움직이는 것은 아니지 않겠는가 하는 생각을 하게된 겁니다.

즉, 사회에서 벌어지는 어떠한 현상도 그 현상을 발생시키는 중요한 다섯 개의 요소, 변수를 가지고 이와 같이 서로 상생 상극의 관계로 설명을 할 수 있지 않겠는가 하는 사회과학도로서의 호기심이 발동한 겁니다. 그래서 예를 들어 가정하면 경제 현상을 놓고 만약 예를 들자면 수출, 물가, 통화량, 금리, 임금 등 다섯 개의 변수를 설정하고 그 변수가 서로 어떻게 상생 상극하는 관계에 있는가하는 상생상극도를 만들고 그 안에서 상호간의 역학관계가 서로 조화를 이루고 있으면 경제 상황이 좋다고 할 수 있지 않겠는가 하는 가정을 해 본겁니다. 그리고 다섯 가지 변수간의 주고받는 상생의 에너지의 양이 크고 활성화 되어 있으면, 즉, 긍정적 에너지 포텐샬이 높으면 경제가 활황이고 규모가 커지는 것이고 발전하는 것이고, 그렇지 않으면 불황이라는 식으로 설명이 가능하고 더 나아가 역학관계를 수식으로 표시하고 계산 할수 있으면 어떤 경제적 이론이 도출되지 않겠는가 하는 생각을 한 겁니다. 그래서 사회의 여러 분야에서 각각 이런 변수간의 관계가 안정적으로 조화되어 있어서 한 사회 전체가 몸의 오행이 조화를 이루어 건강을 유지하는 것처럼 사회도 조화롭게 발전해 나가지 않겠는가, 그러면 살기 좋은 사회가 되지 않을 것인가 하는 기특한 생각을 해서 짬짬이 생각의 단편들을 모아 보았습니다.

어떤 사회 현상을 대표할 수 있는 다섯 개의 변수를 통해 그 변수간의 상호역학관계를 수식화하여 어떤 일정한 규칙을 가진 법칙을 도출하면 바로 그게 이론이지 않겠습니까. 사회과학 연구라는 것이 특정 분야의 사회 현상들이 다양하게 전개되는 가운데 그 관계되는 여러 변수들 사이에 일정한 법칙성을 발견하여 그것이 타당한지 검증하여 이론을 도출하는 행위가 아닙니까. 그래서 그 이론이 사회발전, 공동체의 발전에 기여하면 좋은 거구요. 그 공통되는 이론의 생성 근거를 동양사상의 하나인 오행에서 찾아 본겁니다. 거기다가 '조화사회론'이라는 내 나름의 이름을 붙인 겁니다. 그런데 아쉽게도 아직 다 생각이 익지를 않아서 미완성인 가설이고 아이데이션 수준에 그치고 있습니다. 게으른데다가 머리도 나쁜 탓입니다. 그래서 이 강의는 제가 소시부터 평소에 화두처럼 생각해 오던 것을 초고 형식으로 메모한 것을 조금씩 내용을 자리 잡으면서 정리해놓은 것입니다. 완성된 소논문이 아닙니다.

문제의 출발은 세상이 왜 이렇게 개판인가. 도대체 어떤 세상이 좀 제대로 된 세상인가 하는 보편적인 문제의식에서 나온 겁니다. 다른 훌륭한 사람들이 항상 해 오던 그런 생각입니다. 누구나 나름 먹물이나 먹고 문제의식을 가지고 산다는 인간들은 지가 살고 있는 시대가 역사상 가장 위기이고 가장 중요한 시기라고 주장합니다. 어떤 책이든지 보세요. 항상 책 맨 앞에 당시가 인류 역사이래 가장 중요한 시기이며 그 위기를 해결하기 위해 이 책을 쓴다고 그러니 많이 사서 보라고 개뻥을 치고 있습니다.

그런데 그럴 수밖에 없는 것이 한 개체로서의 인간의 삶이라는 것이 시공간적으로 물리적 한계가 있는 것이라 다른 시간대를 직접 몸으로 경험 할 수 없는 것이거든요. 그러니 지가 발 딛고 숨 쉬고 사는 이 시기가 제일 중요하다고 하는 겁니다. 아마 시간이동이 가능해서 과거로도 가보고 미래로도 가보면 마르크스 같은 친구들도 내가 살고 있는 지금이 그렇게 큰 문제가 아니구나 더 험한 꼬라지가 전개되는 세상도 많네 그러면서 쓰고 있던 자본론 팽개치고 술이나 한잔하러 갔을 지도 모릅니다.

문제의식을 가지고 있다는 것은 현재가 불완전하고 그래서 불만이고 이걸 조금이라도 더 온전하게 만들어 보겠다는 기특한 생각을 가지고 있다는 겁니다. 모든 고전적인 사회과학 서적은 이런 불평 불만 속에서 나온 것입니다. 마르크스가 지가 살던 세상이 개좆같고 이래서는 안 되겠다는 생각이 없었으면 뭐하러 공공도서관 한구석에 찌그러져서 끼니를 걸러가며 부족한 노트에 사방팔방 돌려가며 자본론을 썼겠습니까. 앞으로 하는 이야기도 이런 맥락에서 나온 겁니다. 세상이 왜 이리 좆같냐, 도대체 어떤 세상이 좀 살만한 세상이냐?

저는 소시부터 사람은 왜 사는지 하는 물음에서부터 세상이 어떻게 이루어져 있으며, 또 어떻게 사는 것이 바르게 사는 것인지 등 근원적인 문제에 다소 관심이 있어 문자를 깨친 이후 격물치지格物致知코자 다양한 서물을 섭렵하기도 했고 여기 저기 묻기도 했으며 홀로 깊이 생각하기도 하였습니다. 그 사이에 다소 배움도 있었고 문득 작은 깨우침도 있었으나 이를 문자로 남기지 않고 속으로만 새기고 있었습니다. 그러다가 이제 나름 그간의 생각을 문자로 정리 할 필요성을 느껴 이에 간소한 소론을 남기는 겁니다.

무릇 공부하는 이들이 어떤 상황을 인식하고 이해하고 해석함에 있어 기존에 두 가지 방법이 있어 왔으니 하나는 탐구하고자하는 주제가 시간의 흐름에 따라 어떻게 변화해 왔는지 알아보는, 역사적(통시적)으로 검토해 보는 방법이요, 또 다른 하나는 같은 시간대에서 공간적으로 다른 데서는 이에 대해 어찌 이해하는가 하는 공간적(공시적) 접근 방법이 있습니다. 지금까지 대다수 학인들이 그들의 학문적 대상에 대해 이 두 가지 방법으로 접근하여 연구 분석해 온바 이 둘 모두 공통적으로 그 학문적 대상을 일단 변화하는 현실로부터 분리하여 따로 독립적으로 존재한다고 간주하고 연구, 분석해 왔었습니다.

그런데 이에 대해 맹점이 있는바, 이는 서양의 존재론적 인식 방법의 근본적인 취약점으로 연구의 편의를 위해 연구 대상의 독자적인 개별자적 존재성을 인정하면서 스스로 한계를 노정하게 된 것은 최근의 신과학을 하는 연구자나 일부 새로운 시각으로 사물과 사회를 바라보고 탐구하려는 일군의 학자들은 익히 잘 아는 바입니다.

이는 세상 모든 학문의 대상이 시공간적으로 시시각각 성주괴공의 변화 과정 속에 있는바 이를 무시하고 연구의 대상을 연구의 편의와 논의의 편리를 위해 독립적으로 분리해서 하나의 엘레멘트로 간주하고 논의하는데서 기인한 것입니다. 이를 극복하고자 몇몇 학인들이 일정 범주의 단위를 하나의 유기적 체계, 시스템으로 간주하여 논구하는 등 나름의 노력을 하고 있는 바도 있습니다.

이는 동양철학에서도 예외는 아니라서 우주에 관한 이야기부터 인간의 개인의 심성에 관한 논의까지 다양하게 설명하기 위한 여러 개념들과 사고 체계를 하나의 항상된 불변의 독립적인 엘레멘트로 간주해서 설명을 하고 있는바 이는 시시각각 변화하는 실제와 일치하지 않아 바른 설명을 하지 못하고 공변에 그치는바가 많았습니다. 물론 이를 극복하고자 항상 새로운 개념을 만들어서 논변을 발전 시켜온 것은 바람직한 일이라 하겠습니다. 예를 들면 유와 무를 말하다 문득 이를 넘어서는 공의 개념을 들고 나오고 이 공이라는 개념을 넘어서고자 탈공의 개념을 들고 나와 논의를 심화 한 것을 들 수 있겠습니다.

그러나 그럼에도 불구하고 예로부터 우주에서부터 개인에 이르기까지 일이관지, 전일적으로 일관된 설명을 하는데 긴요한 여러 개념들에 대해 앞에서 말한 서양 철학의 존재론적인 인식의 함정에 빠져 흐름과 과정으로 보지 못하고 고정 불변의 요소로 보는 오류가 있어왔습니다.

무릇 과학 이론이란 연역적인 방법을 구사하든 귀납적인 방법으로 논리를 세우든 일단 시간과 공간에 구애 받음이 없이 반복적으로 동일한 현상을 일관되게 설명할 수 있고 더 나아가 설명하는 방법이 수치에 근거해 일정한 일관된 법칙성을 가지고 있어 누구나 그 설명에 대해 타당성을 인정하면 성립하는 것입니다. 더 나아가 그 이론이 인간을 비롯하여 만물의 건강한 생육과 조화로운 삶에 기여하기를 논구해 온 것이 동양의 학인들의 오랜 전통이었습니다.

지금 제가 논의 하고자하는 것은 이런 생각에 입각해 전일적이고 보편적인 설명이 가능한 큰 틀의 가능성을 제시하는데 그치는 대강에 불과한 겁니다. 이를 다양한 개별 학문적 대상에 적용하여 일일이 귀납적으로 검증하는 것은 개별 학문을 하는 학인들의 도움이 없으면 안 될 겁니다. 그러니 학인들은 이런 논의를 숙고하여 자신들의 학문의 대상에 적용하여 이해하고 설명하려는 노력이 있기를 바랍니다. 그럼으로써 개별 학문의 협애한 시각을 넘어서 하나의 공통된 인식과 이해의 방법으로 다양한 인간세상의 현상을 쉽게 이해하여 궁극적으로 인간세를 조화로운 세상으로 만드는데 일조가 되면 더 이상 바라는 바가 없겠습니다.

다시 부연해 설명하자면 그동안 서구 근현대의 인문 사회 사상의 주류는 존재론에 기반을 둔 일원론적 철학이 토대를 이루고 있으며 시간적으로도 선형적인 발전론에 입각해서 사고를 전개해 왔습니다. 이러한 학문적 배경을 가진 학인들에게는 나의 담론이 생소하거나 규범적 논의에 맞지 않다고 생각할 수 있을 것입니다. 왜냐하면 제가 여기서 취하는 관점은 전적으로 그동안에 스스로 궁구하여 온 것으로 동양철학적인 사고와 서양 인문, 사회과학의 방법론의 차이에 구애받음 없이 포괄적으로 논의를 전개하기 때문입니다. 따라서 사고의 범위를 스스로 한정하거나 인간 삶의 현실과 유리된 규범적 이론 연구에 힘쓰고 일원론적인 담론을 고수하려는 강단의 아카데믹한 학인들은 개의 할 필요도 없고 굳이 관심을 갖지 않아도 될 것입니다. 그냥 시비 걸지 말라는 말을 좀 어렵게 말했습니다. 이 논의는 하나의 완성이 아니요 가능태이고 더 큰 명제를 향해 나아가야할 과정입니다. 또한 보다 나은 사회를 기약해 보는 열린 사고를 가진 학인들 사이의 담론이요, 다양한 사물과 현상에 대한 인식과 연구의 방법에 대한 시론이요, 변죽을 울림입니다. 그러므로 무지에 의한 일방적인 매도나 배타의 대상도 아닌 것입니다.

여기서는 세상과 인간의 구성과 변화의 이치를 설명하는데 있어 기존의 선학들이 사용하던 개념을 차용하고 더 변화 발전시켜서 사용하고자 합니다. 그래야 논의의 연속성이 있을 것이고 세인의 이해도 편리할 것이기 때문입니다. 우선 여기서 사용할 그 몇몇 주요 개념의 대강을 밝힙니다.

먼저 기氣(기운氣運)에 대해 생각해 보고자합니다. 지금까지 기라는 개념은 동양에서 리理와 상대되는 것이거나 하나의 엘레멘트로 고정해서 인식하는 경우가 많았습니다. 비록 기가 흐른다거나 기가 움직인다고 표현하더라도 기 자체를 하나의 실체로서 고정적인 그 무엇이 움직이는 것으로 파악하는 경우가 많았습니다. 이는 앞에서 말한 존재론적 인식 방법의 한계에서 온 것입니다. 일단 있음을 설정하면 바로 그것은 고정적인 것으로 있는 그 순간 무엇인가 고유의 정적인 성격을 가지게 되는 것입니다.

그래서 여기서는 기를 그렇게 이해하는 것이 아니라 기 자체를 하나의 서양 물리학적 표현을 빌리자면 힘과 같은 것으로 파악하여 기운氣運이라고 표현하고자 합니다. 뉴톤 물리학적인 표현을 빌리자면 힘은 크기가 있으며 이는 단위로 구분하고 그 크기는 질량과 가속도에 의해서 정해집니다. 움직임이 없으면 힘도 없다. 즉, 기운은 움직임으로 파악할 수 있는 것입니다.

여기서 왜 기를 기운이라고 표현하는고 하니 그것은 기존의 기라고 하면 사람들이 기를 어떤 고정된 실체로 인식하려고 하는 경향이 강해서 그것을 피하고자 함이요 또 운이라는 글자를 통하여 움직임을 강조하고자 함입니다. 아무리 에너지 포텐셜이 높아도 기는 움직이지 않으면, 고정되어 있으면 기운이 아닙니다. 또 힘이라는 서양 물리학의 개념을 차용해서 이해하고자 하는 것은 그 속성이 자체적으로 독자적으로 발휘하는 것이 아니요 다른 것에 의존, 의탁해서 발휘될 수밖에 없음이고 또 중요한 것은 그것을 계량화 할 수 있기 때문입니다. 이는 비유하자면 마치 지갑에 아무리 돈이 많아도 사용하지 않으면 돈의 힘이 발휘되지 않는 것과 흡사하며 또, 돈은 단위가 있어서 헤아릴 수 있는 것과도 같습니다.

다시 말하자면 힘이란 내가 주먹에 실어 누구를 가격하거나 골프채에 실어 휘두르거나 하는 식으로 주먹이나 채라는 어떤 다른 대상에 의존하지 않으면 힘이 독자적으로 다른 것에 영향을 미치지 못하기 때문입니다. 이것은 기가 어떤 대상에 의탁하는 것의 특성을 가진다는 사실을 강조하기 위한 것입니다. 목木에 의존하면 목의 특성인 목기(운)이, 금金에 의존하면 금기(운)을 가진 기(운)이 되는 것입니다. 흐름성과 의존성이 기의 속성입니다.

우리는 힘이 움직인 결과는 볼 수가 있어도 힘이라는 추상적인 개념이 홀로 움직이는 것은 볼 수 없습니다. 그러나 결과를 보고 크기를 계량할 수도 있고 사전에 그 크기를 질량(주먹이나 골프채의)과 속도를 가감하여 조절할 수도 있습니다. 즉, 기의 크기를 수치화 할 수도 있고 사전에 조절, 조작할 수도 있는 것입니다. 우리는 동양철학을 논하며 지금까지 기에 대해 무수한 논의를 해 왔으면서도 기를 계량화하여 일정한 법칙성(수식, 공식) 속에 놓고 논의 해보자는 이야기를 한 적이 없습니다. 이는 기를 하나의 엘레멘트나 추상적 원리로 인식해온 결과인 것입니다. 그러나 기는 하나의 고정적인 실체, 엘레멘트가 아니고 흐름 그 자체라고나 할까요. 아무튼 기의 개념을 바로 이해하는 것이 가장 중요합니다. 이해하기 쉽게 기운이라고 칭하자. 기의 개념에 대해서는 여기서는 이 정도로 정의하고 다음 이 기가 움직이는 유기체를 생각해 봅시다.

기운이 움직이는 하나의 유기체적 시스템을 가정하고 그 안에서의 오행과 음양에 대해 이야기해 봅시다. 동양철학에 있어서 오행은 선인들이 오랜 시간에 걸쳐 사물과 자연을 경험적으로 관찰한 결과, 각 사물이 이들 목木, 화火, 토土, 금金, 수水, 오행五行 중 하나의 특성이 가장 강하게 나타나는 면이 있다고 생각하여 사물마다 각각 오행 중 하나의 이름을 붙이어서 분류를 한데서 기원한 것입니다. 이것이 발전하여 목, 화, 토, 금, 수라고 하여 이 세상을 이루는 다섯 가지 두

드러진 성격, 경우에 따라서는 오원소로도 인식해 왔습니다. 그래서 이들 다섯 가지 요소들이 서로 밀고 당기는 상생과 상극의 영향을 주고받는 것으로 이해하여 왔습니다. 이를 도형화해서 보여주는 것이 바로 오행의 상생과 상극도입니다.

그동안 사람들은 오행의 오, 즉 다섯 가지 특성이나 그것이 두드러진 성격을 보여주는 사물이나 원소에 대해 주로 논의를 해 왔는데 여기서는 행行에 대해 주목하여 논의하고자 합니다.

많은 경우 동양의 철학자들이나 의학자들은 오행의 다섯 요소들을 신체의 5장 6부라거나 계절, 심지어는 맛의 5미에 견주어 논의해 온 것이 사실입니다. 그러나 이미 행行이라는 명칭에서도 시사하듯이 이들 요소, 성격들의 상호간에 영향(힘, 기운)의 주고받음에 대해서는 논의가 별로 없어왔습니다. 그래서 여기서는 이들 사이의 기운의 주고받음에 대해 초점을 두어 논의 하고자 합니다.

하나의 요소로부터 다른 요소로 기운이 흘러가서 기를 받는 요소를 활성화 시켜주는 관계를 상생相生이라 하고 반대로 견제해서 활성화를 저해하는 관계를 상극相克이라고 합시다. 다시 조금 부연해서 정리하면 기(기운)이란 힘에 비유 할 수 있는 것으로 그 정도를 단위를 두어 측량이 가능합니다. 그러면 당연히 두 요소(변수)간의 관계에 따라 힘의 주고받음에 대한 수식화가 가능할 것입니다.

오행이란 고래로부터 내려온, 선인들의 오랜 경험칙에 의거해서 분류되어 온 목, 화, 토, 금, 수의 5가지 성격이나 그 성격을 지닌 요소를 말합니다. 그래서 우리는 오행으로 이루어진 하나의 유기적 시스템을 설정하고 그 안에서 특정 오행의 요소가 그 요소의 특성을 가진 기운을 다른 요소에 보내주어 상대 요소의 활성화를 도와주는 경우를 상생이라 하고 하나의 요소가 그 특성을 가진 기운을 다른 요소에 보내어 상대 요소의 활성화를 견제하는 경우를 상극이라고 합니다.

즉, 하나의 시스템 안에서 기운은 그 시스템을 이루는 오행의 요소에 따라 다섯 가지 특성을 가진 기운이 존재하는 것입니다. 그리고 개별 시스템은 오행 중 가장 두드러진 특성을 가지는 요소로 표현되기도 합니다. 즉, 예를 들면 인간의 경우 한 인간이라는 유기체 안에 오행의 요소와 특성이 두루 구비되어 있으며 그러므로 오행의 다섯 가지 기운이 흐르고 또 그 중 가장 두드러진 특성, 활성화 된 특성을 택해 목형 인간, 화형 인간 등의 다섯 유형으로 분류할 수 있다는 것입니다. 오행은 서로 하나가 다른 하나에 기를 보태어 주어 활성화 시키는 상생의 관계와 또 다른 하나가 다른 하나를 견제하여 활성화를 저해하는 상극의 관계를 갖는데 이 관계는 오행 상생 상극표로 알 수 있습니다.

다음은 앞에서 언급한 것을 구체화하기 위한 생각을 메모 형식으로 정리한 단편적인 단상입니다. 일단 정리한다는 의미로 한군데 모아 놓은 것입니다.

1. 하나의 시스템 안에서도 개별 오행의 요소의 크기가 다 다르다. 인간의 예를 들면 목의 특성이 강한 인간, 화가 강한 인간 하는 식으로 시스템의 대표적인 특성은 다섯 가지이다. 인간마다 오행 중 어느 하나가 대표적으로 강하게 나타난다. 물론 나머지 네 가지 특성도 그 에너지 정도, 크기가 다 다르다. 즉, 오행의 요소의 크기는 다 다르다. 흐르는 기의 속도도 다르다. 그러니 속도와 크기가 결합되어서 나오는 기운의 크기도 다르다. 큰 물건으로 속도를 느리게, 작은 물건으로 속도를 빠르게 하면 둘의 힘은 동일할 수 있다.

2. 기운이 순환이 안 되는 시스템은 죽은 시스템이다. 순환이 빠르고 크면 활성화된 것이고 느리고 적으면 비활성화인 것이다.

3. 시스템이 전체적으로 조화를 이루려면 상생도 필요하고 상극도 필요한다. 왜냐하면 부족한 것을 더해 주어야하고 넘치는 것을 빼주어야 하기 때문이다. 유기체적 시스템을 바라보는 시각을 엘레멘트에서 플로우로 전환해서 볼 필요가 있다. 중요한 것은 단순한 힘의 균등적 배분인 균형, 밸런스가 아니라 기, 힘의 원활한 흐름, 조화, 하모니가 중요하고 이러한 조화가 잘 이루어지고 있는 사회를 조화사회라고 한다. 즉, 이상적인 사회인 것이다.

4. 결국 시스템이 잘 생성, 발전, 돌아가기 위해서는 유기

체 내에서 요소들이 별도로 그냥 같이 존재하는 공존 co-existence이 아니라 협존協存 cooper-existence이 필요하다. 서로 각 요소간에 영향, 힘을 적절하게 주고받아서 조화를 이루어야하기 때문이다. 인간들의 삶도 공존共存에서 협존協存으로 전환되어야 한다. 협존의 형태는 상생만 있는 것이 아니라 상극도 있다. 절대 권력은 절대 부패하는 것처럼 권력은 언론에 의해 적절하게 상극되어야 한다. 이것이 언론의 비판기능이다. 권력의 독주하려는 기를 사(瀉)해서 힘을 덜어주는 것이 언론의 순기능이다. 또 언론은 시민 사회로부터 견제를 받는다. 언론의 독주를 상극하는 것이다.

5. 상생의 국면과 상극의 국면이 서로 조화를 이룬 것을 이상적인 시스템, 건강한 시스템이라고 한다. 이를 인간 개인이 정신적, 육체적으로 성취하면 성聖이라 한다. 사회적으로는 유토피아, 대동사회를 이름이다. 건강하다는 것은 시스템 자체가 스스로 외부의 인위적인 조작이 없이 조화를 이룰 수 있도록 콘트롤하는 것. 건강을 유지하는 것, 몸 전체, 즉 육과 정신 모두 조화를 이룬 것을 말한다.

6. 상생과 상극의 국면, 즉 음과 양이 조화를 이루는 것. 남녀 관계로 보면 성性을 말함이요, 남과 여의 상생과 상극의 국면이 서로 잘 조화를 이루는 것 궁합이 맞는다고 한다.

8. 순환이 빠르고 기운이 넘치면 젊은 것이요, 포텐셜 에너지, 활동성, 액티비티가 높은 것이다. 상생의 국면이 지나

치게 활성화 되면 불안정하다. 순환이 느리고 기운이 약하면 늙은 것이다. 그 대신 안정적이다. 상극의 국면이 더 강해지는 것이다. 스스로 삼간다. 스스로 알아서 브레이크를 건다. 무리하지 않는 것이다. 늙어서도 스스로 오행의 기를 조절 못하면 안 된다. 주책이 없는 것이다.

9.이렇게 각 요소를 설명할 수 있다. 경제학적인 측면에서는 통화량이 증가하면 물가가 오른다. 그러면 이를 억제하기 위해서 금리를 올린다. 즉, 금리는 물가를 극하고 통화량은 물가를 생하는 것이라고 볼 수 있다. 즉 여기에는 3가지 요소가 개입되어 있고 여기에 두 가지 요소가 더 개입되면 예를 들어 수출이라든가 임금을 대입하여 5가지 요소(변수)를 서로 상생 상극하는 관계로 놓고 이들 5가지 요소가 서로 얼마만한 힘을 가지고 서로 밀고 당기는 가를 찾아내면 그래서 그것들의 상호 조화를 가져 올수 있으면 경제는 안정을 찾을 수 있을 것이고 그 주고받는, 생하고 극하는 힘의 움직임과 에너지 포텐샬이 증가하면 그만큼 경제가 성장하는 것이라고 볼 수 있는 것이다.

10.우주의 생성과 순환에 맞춰서 사는 것이 순리다. 조화다. 과연 각 분야에서 어느 정도 활성도가, 활성에너지가 필요한 것인가. 자본주의 경제의 생산 과잉문제. 전지구적 시스템은 어느 정도의 활성도가 요구되는가.

11.상생과 상극이 서로 잘 균형을 이루는 경우를 조화라

고 하면 조화를 이룬 사회와 조화를 이룬 몸을 이상사회, 건강한 몸이라고 하겠다. 전체적인 조화는 상생의 균형과 상극의 균형이 서로 잘 조화를 이루고 있는 것을 말한다. 상생의 균형만 있을 수도 없고(현실론), 상극의 균형만 있어서도 안 된다.(당위론)

12.병론病論. 병이란 오행의 한 요소가 갑자기 제 기능을 못해서 균형을 상실하고 전체의 조화가 깨지는 것을 말한다. 이 병의 발생 원인은 두 가지가 있는데, 첫째, 오행 중 어느 요소의 기가 허해서 제구실을 못하는 경우. 오행의 어느 한 요소에 평소와 다르게 흘러오는 기의 크기가 갑자기 줄어들면 기운을 못 받아 거기에 병(불균형, 디스 오더)이 생긴다. 그래서 결국 전체적인 시스템, 유기체의 조화가 깨진다. 이 경우 치유를 위해서는 외적으로 기운을 보충(보약)해 주어야 한다. 여기에도 두 가지 방법이 있다. 첫째, 해당 요소에 직접 외부 기운을 직접 넣어주는 경우-직접적, 인공적(서양식 의술) 둘째, 상생시켜주는 요소에 기운을 불어 넣어주어 상생 요소로 하여금 생하는 기운을 빨리 보내주어 흐름을 회복시켜주는 방법-간접적, 자연적 한의학적 방법이다.

둘째 원인은 평소와 다르게 상극, 견제하는 요소가 지나치게 작용을 할 경우이다. 이 경우의 치료법도 두 가지이다. 먼저, 상극 요소를 직접 약화시키는 경우와 아니면 상극 요소로 하여금 상극을 못하게 하는 경우가 있다.

한 요소에 갑자기 기가 승해져서 오바하는 경우에도 병이 생긴다. 즉 균형이 깨지고 결국 전체적인 조화가 깨진다. 이 경우 시스템 자체의 기를 외부로 방출시켜주어야 한다. 이를 瀉(사)라고 한다. 설사는 위나 장의 이상으로 수용 한계를 넘어섰을 경우 이를 외부로 배출하는 것을 말한다. 이 경우 원인은 두 가지이고 대처법도 각각 두 가지로 나뉠 것이다.

즉, 결국 어떤 하나의 문제가 발생하는 원인은 허해도 문제가 발생하고 승해도 문제가 발생한다. 그러니 먼저 문제가 발생한 원인이 허한데서 온 것인지 승한데서 온 것인지 분석하고 그 다음에 어떤 조치를 취할 것인지 정해야 하고, 조치를 취할 경우에도 직접 그 요소에 처방을 할 것인지 아니면 생해주는 요소에 처방을 할 것인지 아니면 극해주는 요소에 처방을 할 것인지 득실을 따져서 치료를 해야, 해결이 되어 조화를 이룰 것이다. 이는 우리의 몸의 병이나 사회의 병이나 마찬가지이다. 예를 들면 지금 우리나라의 부동산 문제는 주택 공급량이 줄어서 허해서 발생되는 것보다도 돈이 많아서 즉, 유동, 유휴자금이 지나치게 승해서 발생하는 문제라고 볼 수 있다. 공급량을 무작정 늘릴 것이 아니라 유휴 자금을 다른 데로 돌리는 것이 더 효과적이라는 것이다. 즉, 부동산 문제는 부동산 자체의 문제가 아니라 금융의 문제이다.

13. 성인聖人이란 내적 조화를 이룬 사람(覺者)을 신선이라 하고 내적 조화를 외적으로 표출하여 보여준 사람을 성인,

보살이라고 한다. 즉, 조화를 외적으로 실현하려고 하는 사람이 더 훌륭한 것이다.

14.목인이 목의 요소에 해당하는 부분이 상하면 집으로 말하면 대들보가 상하는 격이다. 그러니 평소에 목뿐만 아니라 목을 상생하는 요소를 잘 다스리고 목을 극하는 요소도 잘 다스려야 건강을 유지 할 수 있다. 많은 경우 사람들은 상생에만 신경을 쓰지 상극을 소홀히 한다. 그러나 상생만큼 상극도 중요하다.

15.특정 요소가 이상이 생겼을 경우 바로 그 요소에 외부에서 기를 보완하기 보다는 그 요소를 상생해주는 요소에 기를 보완해서 순환 과정의 균형을 잡아주는 것이 더 좋다. 흐름을 원활하게 해 주어야한다. 그리고 그에 대한 처방이 불가능할 경우 상극해주는 요소의 기를 사해주는 처방도 효과적이다. 비유하면 교실이 시끄러울 경우 바로 떠드는 놈에게 주의를 주는 것 보다 반장을 불러 세워 훈계를 하는 것이 효과적일 때가 있는 법이다. 왜냐하면 그들은 서로 대등한 입장에서 사태를 바라보고 해결할 수 있는 동료이고 선생은 그들과 다른 외부 요소 일수 있기 때문이다. 이렇듯 하나의 문제 현상에 대해 그것을 바로 잡기 위한 방안은 다양하다. 그러나 그 상생 상극의 원리를 무시하면 안 된다.

16.사람들은 흔히 상생만 좋아하고 상극을 기피하는데 이는 옳지 않다. 상극은 나의 넘치는 부분을 자제시켜주는 좋

은 순기능을 한다. 이는 인간 사회에서도 그대로 적용된다. 나를 극하는 인간을 내칠 것이 아니라 나의 넘치는 부분을 적절히 자제, 조절해 주는 역할을 하는 조력자로 수용할 때 비로소 인간은 조화로운 인간, 성인에 가까워지는 것이다.

17.안정을 취한다는 것은 시스템의 활성도를 낮추는 것으로 이상이 생긴 부분의 부담을 줄여주는 것이다. 이때에도 전체적으로 기운의 과도한 흐름을 줄여서 조화를 꾀해야지 이상이 생긴 특정부분만 사해서는 안된다.

18.다섯개의 변수간의 영향의 주고받음을 측정하기가 어려웠던 이유는 5개의 요소를 랜덤으로 놓고 인과관계와 상관관계를 찾으려 했던데서 오는 것이다. 그러나 우선 기본이 되는 대표 요소, 대표 변수를 기준으로 세우고 나머지 4개의 변수를 특성에 따라 상생도와 상극도를 그리고, 즉 배열을 하고 그 다음에 변수간의 관계에 따른 방정식, 수식을 세우면 한 시스템의 상생의 장의 역학 관계도와 상극의 장의 역학 관계도가 나올 것이다.

19.모든 유기체는 환원론으로 그 성격을 밝힐 수 없다. 원자, 분자, 소립자 분석을 통해서는 하나의 유기체의 시스템의 특성을 알 수 없는 것이다. 왜냐하면 주위 환경에 적응하면서 기의 흐름이 서로 달라지기 때문에.

후기後記

변변치 않은 책의 들머리를 빛내주신 선배 이 계황 교수님께 넘치는 사랑을 전합니다. 눈빛 초롱하고 진리의 추구에 애쓰던 신촌벌 대학 초년 시절부터의 인연이 귀밑머리 하얀 지금까지 한평생 이어져온 것을 천지신명께 감사드리며, 사계의 권위임에도 불구하고 한참 모자라는 필자의 생각을 따뜻한 눈길로 스스럼없이 얼싸 안아줌에 깊은 감동을 느낍니다. 선후학이 서로 아끼고 격려하는 마음이 항상 이어지기를 기원하며.

기해년己亥年 초하初夏에

탈공산인 강비오 배拜

글쓴이 소개

강 종 철(비오)

kangvio@naver.com

연세대학교 신문방송학과와 같은 대학원 졸업.
여러 언론기관과 대학에서 글 쓰고 강의함